唐宋词百家全集

锺叔河———编

6

王炎　张孝祥　文天祥　杨万里　范成大　李纲　岳飞　向子諲　蔡伸　陆游　陈与义

作家出版社

图书在版编目（CIP）数据

唐宋词百家全集. 6, 陆游张孝祥等十一家 / 锺叔河编. —
北京：作家出版社，2025.1

ISBN 978-7-5212-2635-5

Ⅰ. ①唐… Ⅱ. ①锺… Ⅲ. ①唐宋词—选集 Ⅳ. ①I222.84

中国国家版本馆CIP数据核字（2024）第007415号

唐宋词百家全集⑥陆游张孝祥等十一家

编　者：	锺叔河
特约编辑：	张万文
责任编辑：	杨兵兵
装帧设计：	今亮後聲 HOPESOUND 2580590616@qq.com
出版发行：	作家出版社有限公司

社　　址：北京农展馆南里10号　　　邮　编：100125

电话传真：86-10-65067186（发行中心）

　　　　　86-10-65004079（总编室）

E-mail:zuojia@zuojia.net.cn

http://www.zuojiachubanshe.com

印　　刷：	唐山嘉德印刷有限公司
成品尺寸：	130×185
字　　数：	209千
印　　张：	13.25
版　　次：	2025年1月第1版
印　　次：	2025年1月第1次印刷
ISBN	978-7-5212-2635-5
定　　价：	50.00元

凡 例

一、《唐宋词百家全集》收一百家的全部词作近一万首，分装十册。

二、词作编次均按词牌以字数多少为序。词牌有双调者则不依字数仍列本
    调之后。有同调异名者，于目录中注明。

三、一词互见数集者，分别加以说明。

四、异文择善而从，缺字有根据者尽量补齐，不另作说明。

五、《全宋词》及《全宋词补遗》未收之词作，据别本辑入者均注明出处。

六、全词残缺过半者及断句不收。

七、词中原注移于词后，题下原注加圆括号，编者说明加方括号。

八、各家词集中前人考订为误收者，只将明显的伪作删去，其余保留，以
    供参考。

新 版 题 记

锺叔河

活了九十多年，以编书为业，实际上班的时间不到九年。一九七九年冬到湖南人民出版社报到，一九八八年夏便在岳麓书社落选了。

之后只能在家里读读写写，有时也还编编书，都是"扫尾工作"，出书也不必在湖南了。

因为时间有限，编成的书自然有限。勉强可以算数的，只有㊀"走向世界丛书"，㊁曾国藩的书，㊂周作人的书，还有这㊃《唐诗百家全集》和《唐宋词百家全集》。

我一直对传统诗词的编排格式不满意。当了总编辑后，很想调整规范一下诗词集的版式，至少要使它看起来齐整些美观些，念起来顺口些。无奈事与愿违，两书只能分别在海南和广州初版，幸而发行还好，没丢脸。

如今作家出版社决定将此二书新版印行，由老友张万文经手，我很高兴。张君问我有何条件，我说只有一条：千万莫改变我的版式，这就行了，其他一切悉由尊便就是了。

二〇二三年五月二十八日于念楼，病中。

编 辑 前 言

词是比较容易为现代人欣赏的一种古典诗歌体裁。在中国文学史上，"文以载道"（译成现代语就是"文学直接为意识形态服务"）的主张，历来占着上风，经义策论古文诗赋等"主阵地"的情况尤其如此。只有被称为"诗馀"的词，因为主要用于抒写个人情怀，带有较强的个性和感情色彩，所以一直受到那些比较自觉追求个人自由、更加愿意享受个人生活的人的喜爱。今之歌星"劲歌金曲"的歌，实际上也就是现代的"词"。

词的本意是合乐的歌，它的源流可以上溯到郑卫国风、汉魏乐府。但是如果没有商业经济和中外交通的发达，没有城市物质文化生活的繁荣，没有专业乐人歌女阶层的出现，没有两性交际关系一定程度的"解放"，没有《旧唐书·音乐志》所说"胡夷里巷之曲"的流行，词这种文学形式是不可能兴于唐，盛于五代，终至成为宋朝"一代之文学"的。直到今天，词的生命也还没有结束。

词来自民间，但它在文学上的地位却主要是由唐宋词作名家奠定的，流传至今脍炙人口的也都多半是名家的作品。这部《唐宋词百家全集》，将一百位名家的全部词作汇编为十册即：❶ 温庭筠李煜等二十四家；❷ 晏殊欧阳修等十二家；❸ 柳永等九家；❹ 苏轼秦观等六家；❺ 周邦彦李清照等十一家；❻ 陆游张孝祥等十一家；❼ 辛弃疾等五家；❽ 刘克庄刘辰翁等七家；❾ 姜夔史达祖等六家；❿ 吴文英王沂孙等九家，详见后附百家名录。现存唐五代词和全宋词总数约二万一千首，作者共计一千四百余人，本书作者人数虽然仅占总数的百分之七，作品却差不多占了总数的一半，不仅唐宋词的佳作名篇包罗殆尽，即其整个面貌和发展过程亦可一览无遗。

为了便于读者，本书在编辑工作上采取了两个不同于一般的做法：一是每位作家的词作都按词牌归类重编（同一词牌的仍依原来次序），词牌则以字数多少为序，先小令，再中调，后长调，并将作家姓名和词牌都在每页书眉上标出，极易检阅；二是每首词都按韵脚、词意分行，分片的词并用退两格的方法使上下片明显区分，以显示它的形式美。

我在《唐诗百家全集》的前言中说过，读诗应是乐事而非苦事；词是言情的诗，是最真最美的诗，当然更应如此。本书希望能使读者体会到这一点。

锺叔河

一九九四年春于长沙

附－唐宋词百家名录

第一册

李　白　　张志和　　韦应物　　王　建　　刘禹锡　　白居易　　皇甫松　　温庭筠
和　凝　　冯延巳　　李　璟　　李　煜　　韦　庄　　薛昭蕴　　牛　峤　　张　泌
牛希济　　李　珣　　毛文锡　　顾　夐　　鹿虔扆　　毛熙震　　欧阳炯　　孙光宪

第二册

晏　殊　　寇　准　　范仲淹　　张　先　　欧阳修　　王安石　　舒　亶　　晏幾道
王　观　　王　琪　　杜安世　　王　诜

第三册

柳　永　　李之仪　　黄　裳　　晁端礼　　仲　殊　　毛　滂　　吕本中　　吕渭老
陈　克

第四册

苏　轼　　黄庭坚　　贺　铸　　晁补之　　张　耒　　秦　观

第五册

周邦彦　　赵令畤　　谢　逸　　叶梦得　　朱敦儒　　周紫芝　　方千里　　李清照
朱淑贞　　魏夫人　　严　蕊

第六册

陆　游　　陈与义　　向子諲　　蔡　伸　　李　纲　　岳　飞　　杨万里　　范成大
张孝祥　　文天祥　　王　炎

第七册

辛弃疾　　杨炎正　　刘　过　　张元幹　　方　岳

第八册

刘克庄　　刘辰翁　　陈　亮　　汪元量　　戴复古　　黄　机　　李昂英

第九册

姜　夔　　周　密　　张　炎　　史达祖　　陈允平　　高观国

第十册

吴文英　　蒋　捷　　张　辑　　卢祖皋　　吴　潜　　王沂孙　　李彭老　　刘将孙
邓　剡

唐宋词
百家全集 ❻

本卷总目

陆游
词全集

陆游（1125—1210）

词名虽不及诗名，但亦卓然名家，近世影响尤大。他字务观，号放翁，越州山阴（今绍兴）人。出生第二年就遇着北宋灭亡，金兵南侵，父亲带他四处逃难。青年时主张抗金，屡遭压抑，四十七岁时才得任主战将领王炎的幕僚，在川陕间过了一段军旅生活，后来几起几废，直到临终还抱着"但悲不见九州同"的遗憾。他写了大量的爱国诗篇，因而梁启超有"亘古男儿一放翁"的赞叹。他的词也同诗一样，"集中什九从军乐"。有抒写卫国豪情的："壮岁从戎，曾是气吞残虏。"有描写战场情景的："铁骑无声望似水，想关河，雁门西，青海际。"有刻画抗敌英雄形象的："羽箭雕弓，忆呼鹰古垒，截虎平川。吹笳暮归野帐，雪压青毡。"但也有著名的《卜算子》（驿外断桥边）、《钗头凤》（红酥手，黄滕酒）等咏怀言情之作。

目　录

渔父

　　灯下读玄真子渔歌，因怀山阴故隐，追拟。

石帆山下雨空蒙，三扇香新翠箬篷。

蘋叶绿，蓼花红，回首功名一梦中。

渔父

晴山滴翠水挼蓝，聚散渔舟两复三。

横塘北，断桥南，侧起船篷便作帆。

渔父

镜湖俯仰两青天，万顷玻璃一叶船。

拈棹舞，拥蓑眠，不作天仙作水仙。

渔父

湘湖烟雨长莼丝，菰米新炊滑上匙。

云散后，月斜时，潮落舟横醉不知。

渔父

长安拜免几公卿，渔父横眠醉未醒。
烟艇小，钓车腥，遥指梅山一点青。

如梦令（闺思）

独倚博山峰小，翠雾满身飞绕。
只恐学行云，去作阳台春晓。
春晓，春晓，满院绿杨芳草。

豆叶黄

春风楼上柳腰肢，初试花前金缕衣。
袅袅娉娉不自持。
晓妆迟，画得蛾眉胜旧时。

其二

一春常是雨和风，风雨晴时春已空。
谁惜泥沙万点红。
恨难穷，恰似衰翁一世中。

长相思

云千重，水千重，身在千重云水中。

月明收钓筒。

　　头未童，耳未聋，得酒犹能双脸红。

　　一尊谁与同。

其二

桥如虹，水如空，一叶飘然烟雨中。

天教称放翁。

　　侧船篷，使江风，蟹舍参差渔市东。

　　到时闻暮钟。

其三

面苍然，鬓皤然，满腹诗书不直钱。

官闲常昼眠。

　　画凌烟，上甘泉，自古功名属少年。

　　知心惟杜鹃。

其四

暮山青，暮霞明，梦笔桥头艇子横。
蘋风吹酒醒。

　　看潮生，看潮平，小住西陵莫较程。
　　莼丝初可烹。

其五

悟浮生，厌浮名，回视千钟一发轻。
从今心太平。

　　爱松声，爱泉声，写向孤桐谁解听。
　　空江秋月明。

上西楼

江头绿暗红稀，燕交飞。
忽到当年行处、恨依依。

　　洒清泪，叹人事，与心违。
　　满酌玉壶花露、送春归。

昭君怨

昼永蝉声庭院，人倦懒摇团扇。

小景写潇湘，自生凉。

帘外蹴花双燕，帘下有人同见。

宝篆拆官黄，炷熏香。

生查子

还山荷主恩，聊试扶犁手。

新结小茅茨，恰占清江口。

风尘不化衣，邻曲常持酒。

那似宦游时，折尽长亭柳。

其二

梁空燕委巢，院静鸠催雨。

香润上朝衣，客少闲谈麈。

鬓边千缕丝，不是吴蚕吐。

孤梦泛潇湘，月落闻柔橹。

太平时

竹里房栊一径深，静恬恬。
乱红飞尽绿成阴，有鸣禽。
　　临罢兰亭无一事，自修琴。
　　铜炉袅袅海南沉，洗尘襟。

点绛唇

采药归来，独寻茅店沽新酿。
暮烟千嶂，处处闻渔唱。
　　醉弄扁舟，不怕粘天浪。
　　江湖上，遮回疏放，作个闲人样。

浣溪沙（和无咎韵）

懒向沙头醉玉瓶，唤君同赏小窗明。
夕阳吹角最关情。
　　忙日苦多闲日少，新愁常续旧愁生。
　　客中无伴怕君行。

浣溪沙（南郑席上）

浴罢华清第二汤，红绵扑粉玉肌凉。

娉婷初试藕丝裳。

凤尺裁成猩血色，螭奁熏透麝脐香。

水亭幽处捧霞觞。

清商怨（葭萌驿作）

江头日暮痛饮，乍雪晴犹凛。

山驿凄凉，灯昏人独寝。

鸳机新寄断锦，叹往事、不堪重省。

梦破南楼，绿云堆一枕。

菩萨蛮

江天淡碧云如扫，蘋花零落莼丝老。

细细晚波平，月从波面生。

渔家真个好，悔不归来早。

经岁洛阳城，鬓丝添几茎。

其二

小院蚕眠春欲老，新巢燕乳花如扫。

幽梦锦城西，海棠如旧时。

　　当年真草草，一棹还吴早。

　　题罢惜春诗，镜中添鬓丝。

诉衷情

当年万里觅封侯，匹马戍梁州。

关河梦断何处，尘暗旧貂裘。

　　胡未灭，鬓先秋，泪空流。

　　此生谁料，心在天山，身老沧州。

其二

青衫初入九重城，结友尽豪英。

蜡封夜半传檄，驰骑谕幽并。

　　时易失，志难成，鬓丝生。

　　平章风月，弹压江山，别是功名。

采桑子

宝钗楼上妆梳晚，懒上秋千。

闲拨沉烟，金缕衣宽睡髻偏。

　　鳞鸿不寄辽东信，又是经年。

　　弹泪花前，愁入春风十四弦。

采桑子（残）

三山山下闲居士，巾履萧然。

小醉闲眠，风引飞花落钓船。

卜算子（咏梅）

驿外断桥边，寂寞开无主。

已是黄昏独自愁，更着风和雨。

　　无意苦争春，一任群芳妒。

　　零落成泥碾作尘，只有香如故。

好事近

混迹寄人间，夜夜画楼银烛。

谁见五云丹灶，养黄芽初熟。

春风归从紫皇游，东海宴旸谷。

进罢碧桃花赋，赐玉尘千斛。

好事近（寄张真甫）

羁雁未成归，肠断宝筝零落。

那更冻醪无力，似故人情薄。

　　瘴云蛮雨暗孤城，身在楚山角。

　　烦问剑南消息，怕还成疏索。

其二

风露九霄寒，侍宴玉华宫阙。

亲向紫皇香案，见金芝千叶。

　　碧壶仙露酝初成，香味两奇绝。

　　醉后却骑丹凤，看蓬莱春色。

其三（次宇文卷臣韵）

客路苦思归，愁似茧丝千绪。

梦里镜湖烟雨，看山无重数。

　　尊前消尽少年狂，慵着送春语。

　　花落燕飞庭户，叹年光如许。

其四

岁晚喜东归，扫尽市朝陈迹。
拣得乱山环处，钓一潭澄碧。

卖鱼沽酒醉还醒，心事付横笛。
家在万重云外，有沙鸥相识。

其五

华表又千年，谁记驾云孤鹤。
回首旧曾游处，但山川城郭。

纷纷车马满人间，尘土污芒屩。
且访葛仙丹井，看岩花开落。

其六

挥袖别人间，飞蹑峭崖苍壁。
寻见古仙丹灶，有白云成积。

心如潭水静无风，一坐数千息。
夜半忽惊奇事，看鲸波蘸日。

其七

溢口放船归，薄春散花洲宿。

两岸白蘋红蓼，映一蓑新绿。

　　有沽酒处便为家，菱芡四时足。

　　明日又乘风去，任江南江北。

其八（登梅仙山绝顶望海）

挥袖上西峰，孤绝去天无尺。

拄杖下临鲸海，数烟帆历历。

　　贪看云气舞青鸾，归路已将夕。

　　多谢半山松吹，解殷勤留客。

其九

小倦带馀酲，潋潋数櫺斜日。

驱退睡魔十万，有双龙苍壁。

　　少年莫笑老人衰，风味似平昔。

　　扶杖冻云深处，探溪梅消息。

其十

觅个有缘人，分付玉壶灵药。

谁向市尘深处，识辽天孤鹤。

月中吹笛下巴陵，条华赴前约。

今古废兴何限，叹山川如昨。

其十一

平旦出秦关，雪色驾车双鹿。

借问此行安往，赏清伊修竹。

汉家宫殿劫灰中，春草几回绿。

君看变迁如许，况纷纷荣辱。

其十二

秋晓上莲峰，高蹑倚天青壁。

谁与放翁为伴，有天坛轻策。

铿然忽变赤龙飞，雷雨四山黑。

谈笑做成丰岁，笑禅龛椰栗。

忆秦娥

玉花骢，晚街金辔声璁珑。

声璁珑，闲敧乌帽，又过城东。

富春巷陌花重重，千金沽酒酬春风。

酬春风、笙歌围里，锦绣丛中。

一落索

满路游丝飞絮，韶光将暮。

此时谁与说新愁，有百啭、流莺语。

俯仰人间今古，神仙何处。

花前须判醉扶归，酒不到、刘伶墓。

其二

识破浮生虚妄，从人讥谤。

此身恰似弄潮儿，曾过了、千重浪。

且喜归来无恙，一壶春酿。

雨蓑烟笠傍渔矶，应不是、封侯相。

乌夜啼

金鸭馀香尚暖，绿窗斜日偏明。
兰膏香染云鬟腻，钗坠滑无声。

　　冷落秋千伴侣，阑珊打马心情。
　　绣屏惊断潇湘梦，花外一声莺。

其二

檐角楠阴转日，楼前荔子吹花。
鹧鸪声里霜天晚，叠鼓已催衙。

　　乡梦时来枕上，京书不到天涯。
　　邦人讼少文移省，闲院自煎茶。

其三

我校丹台玉字，君书蕊殿云篇。
锦官城里重相遇，心事两依然。

　　携酒何妨处处，寻梅共约年年。
　　细思上界多官府，且作地行仙。

其四

世事从来惯见，吾生更欲何之。
镜湖西畔秋千顷，鸥鹭共忘机。

一枕蘋风午醉，二升菰米晨炊。
故人莫讶音书绝，钓侣是新知。

其五

素意幽栖物外，尘缘浪走天涯。
归来犹幸身强健，随分作山家。

已趁馀寒泥酒，还乘小雨移花。
柴门尽日无人到，一径傍溪斜。

其六

园馆青林翠樾，衣巾细葛轻纨。
好风吹散霏微雨，沙路喜新干。

小燕双飞水际，流莺百啭林端。
投壶声断弹棋罢，闲展道书看。

其七

从宦元知漫浪，还家更觉清真。

兰亭道上多修竹，随处岸纶巾。

　　泉洌偏宜雪茗，粳香雅称丝莼。

　　翛然一饱西窗下，天地有闲人。

其八

纨扇婵娟素月，纱巾缥缈轻烟。

高槐叶长阴初合，清润雨馀天。

　　弄笔斜行小草，钩帘浅醉闲眠。

　　更无一点尘埃到，枕上听新蝉。

朝中措（梅）

幽姿不入少年场，无语只凄凉。

一个飘零身世，十分冷淡心肠。

　　江头月底，新诗旧梦，孤恨清香。

　　任是春风不管，也曾先识东皇。

其二（代谭德称作）

怕歌愁舞懒逢迎，妆晚托春酲。

总是向人深处，当时枉道无情。

　　关心近日，啼红密诉，剪绿深盟。

　　杏馆花阴恨浅，画堂银烛嫌明。

其三

冬冬傩鼓饯流年，烛焰动金船。

彩燕难寻前梦，酥花空点春妍。

　　文园谢病，兰成久旅，回首凄然。

　　明月梅山笛夜，和风禹庙莺天。

秋波媚

　　七月十六日晚登高兴亭望长安南山。

秋到边城角声哀，烽火照高台。

悲歌击筑，凭高酹酒，此兴悠哉。

　　多情谁似南山月，特地暮云开。

　　灞桥烟柳，曲江池馆，应待人来。

其二

曾散天花蕊珠官，一念堕尘中。

铅华洗尽，珠玑不御，道骨仙风。

  东游我醉骑鲸去，君驾素鸾从。

  垂虹看月，天台采药，更与谁同。

桃源忆故人

  三荣郡治之西，因子城作楼观，曰高斋。下临山村，
  萧然如世外。予留七十日，被命参成都戎幕而去。临
  行徙倚竟日，作桃源忆故人一首。

斜阳寂历柴门闭，一点炊烟时起。

鸡犬往来林外，俱有萧然意。

  衰翁老去疏荣利，绝爱山城无事。

  临去画楼频倚，何日重来此。

其二（应灵道中）

栏干几曲高斋路，正在重云深处。

丹碧未干人去，高栋空留句。

  离离芳草长亭暮，无奈征车不住。

  惟有断鸿烟渚，知我频回顾。

其三

一弹指顷浮生过，堕甑元知当破。
去去醉吟高卧，独唱何须和。

· 残年还我从来我，万里江湖烟舸。
脱尽利名缰锁，世界元来大。

其四

城南载酒行歌路，冶叶倡条无数。
一朵鞓红凝露，最是关心处。

莺声无赖催春去，那更兼旬风雨。
试问岁华何许，芳草连天暮。

其五 （题华山图）

中原当日三川震，关辅回头煨烬。
泪尽两河征镇，日望中兴运。

秋风霜满青青鬓，老却新丰英俊。
云外华山千仞，依旧无人问。

柳梢青

故蜀燕王宫海棠之盛为成都第一，今属张氏。

锦里繁华，环宫故邸，叠萼奇花。

俊客妖姬，争飞金勒，齐驻香车。

何须幕障帏遮，宝杯浸、红云瑞霞。

银烛光中，清歌声里，休恨天涯。

其二（乙巳二月西兴赠别）

十载江湖，行歌沽酒，不到京华。

底事翩然，长亭烟草，衰鬓风沙。

凭高目断天涯，细雨外、楼台万家。

只恐明朝，一时不见，人共梅花。

极相思

江头疏雨轻烟，寒食落花天。

翻红坠素，残霞暗锦，一段凄然。

惆怅东君堪恨处，也不念、冷落尊前。

那堪更看，漫空相趁，柳絮榆钱。

南歌子（送周机宜之益昌）

异县相逢晚，中年作别难。

暮秋风雨客衣寒，又向朝天门外、话悲欢。

　　瘦马行霜栈，轻舟下雪滩。

　　乌奴山下一林丹，为说三年常寄、梦魂间。

杏花天

老来驹隙骎骎度，算只合、狂歌醉舞。

金杯到手君休诉，看着春光又暮。

　　谁为倩、柳条系住，且莫遣、城笳催去。

　　残红转眼无寻处，尽属蜂房燕户。

浪淘沙（丹阳浮玉亭席上作）

绿树暗长亭，几把离尊。

阳关常恨不堪闻。

何况今朝秋色里，身是行人。

　　清泪浥罗巾，各自消魂。

　　一江离恨恰平分。

　　安得千寻横铁锁，截断烟津。

恋绣衾

雨断西山晚照明，悄无人、幽梦自惊。

说道去、多时也，到如今、真个是行。

　　远山已是无心画，小楼空、斜掩绣屏。

　　你嗹早、收心呵，趁刘郎、双鬓未星。

恋绣衾

不惜貂裘换钓篷，嗟时人、谁识放翁。

归棹借、樵风稳，数声闻、林外暮钟。

　　幽栖莫笑蜗庐小，有云山、烟水万重。

　　半世向、丹青看，喜如今、身在画中。

其二

无方能驻脸上红，笑浮生、扰扰梦中。

平地是、冲霄路，又何劳、千日用功。

　　飘然再过莲峰下，乱云深、吹下暮钟。

　　访旧隐、依然在，但鹤巢、时有堕松。

月照梨花（闺思）

霁景风软，烟江春涨。

小阁无人，绣帘半上。

花外姊妹相呼，约樗蒲。

　　修蛾忘了章台样，细思一饷，感事添惆怅。

　　胸酥臂玉消减，拟觅双鱼，倩传书。

月照梨花（闺思）

闷已萦损，那堪多病。

几曲屏山，伴人昼静。

梁燕催起犹慵，换熏笼。

　　新愁旧恨何时尽，渐凋绿鬓，小雨知花信。

　　芳笺寄与何处，绣阁珠栊，柳阴中。

鹧鸪天

杖屦寻春苦未迟，洛城樱笋正当时。

三千界外归初到，五百年前事总知。

　　吹玉笛，渡清伊，相逢休问姓名谁。

　　小车处士深衣叟，曾是天津共赋诗。

鹧鸪天（送叶梦锡）

家住东吴近帝乡，平生豪举少年场。

十千沽酒青楼上，百万呼卢锦瑟傍。

　　身易老，恨难忘，尊前赢得是凄凉。

　　君归为报京华旧，一事无成两鬓霜。

其二（葭萌驿作）

看尽巴山看蜀山，子规江上过春残。

惯眠古驿常安枕，熟听阳关不惨颜。

　　慵服气，懒烧丹，不妨青鬓戏人间。

　　秘传一字神仙诀，说与君知只是顽。

其三

梳发金盘剩一窝，画眉鸾镜晕双蛾。

人间何处无春到，只有伊家独占多。

　　微步处，奈娇何，春衫初换麹尘罗。

　　东邻斗草归来晚，忘却新传子夜歌。

其四

家住苍烟落照间，丝毫尘事不相关。

斟残玉瀣行穿竹，卷罢黄庭卧看山。

贪啸傲，任衰残，不妨随处一开颜。

元知造物心肠别，老却英雄似等闲。

其五

插脚红尘已是颠，更求平地上青天。

新来有个生涯别，买断烟波不用钱。

沽酒市，采菱船，醉听风雨拥蓑眠。

三山老子真堪笑，见事迟来四十年。

其六

懒向青门学种瓜，只将渔钓送年华。

双双新燕飞春岸，片片轻鸥落晚沙。

歌缥缈，橹呕哑，酒如清露鲊如花。

逢人问道归何处，笑指船儿此是家。

其七（薛公肃家席上作）

南浦舟中两玉人，谁知重见楚江滨。

凭教后苑红牙板，引上西川绿锦茵。

才浅笑，却轻嚬，淡黄杨柳又催春。

情知言语难传恨，不似琵琶道得真。

木兰花（立春日作）

三年流落巴山道，破尽青衫尘满帽。

身如西瀼渡头云，愁抵瞿唐关上草。

春盘春酒年年好，试戴银幡判醉倒。

今朝一岁大家添，不是人间偏我老。

南乡子

归梦寄吴樯，水驿江程去路长。

想见芳洲初系缆，斜阳，烟树参差认武昌。

愁鬓点新霜，曾是朝衣染御香。

重到故乡交旧少，凄凉，却恐它乡胜故乡。

其二

早岁入皇州，尊酒相逢尽胜流。

三十年来真一梦，堪愁，客路萧萧两鬓秋。

蓬峤偶重游，不待人嘲我自羞。

看镜倚楼俱已矣，扁舟，月笛烟蓑万事休。

鹊桥仙

华灯纵博，雕鞍驰射，谁记当年豪举。

酒徒一一取封侯，独去作、江边渔父。

轻舟八尺，低篷三扇，占断蘋洲烟雨。

镜湖元自属闲人，又何必、君恩赐与。

其二

一竿风月，一蓑烟雨，家在钓台西住。

卖鱼生怕近城门，况肯到、红尘深处。

潮生理棹，潮平系缆，潮落浩歌归去。

时人错把比严光，我自是、无名渔父。

其三（夜闻杜鹃）

茅檐人静，蓬窗灯暗，春晚连江风雨。

林莺巢燕总无声，但月夜、常啼杜宇。

催成清泪，惊残孤梦，又拣深枝飞去。

故山犹自不堪听，况半世、飘然羁旅。

夜游宫（记梦寄师伯浑）

雪晓清笳乱起，梦游处、不知何地。

铁骑无声望似水。

想关河，雁门西，青海际。

睡觉寒灯里，漏声断、月斜窗纸。

自许封侯在万里。

有谁知，鬓虽残，心未死。

其二（宫词）

独夜寒侵翠被，奈幽梦、不成还起。

欲写新愁泪溅纸。

忆承恩，叹馀生，今至此。

蔌蔌灯花坠，问此际、报人何事。

咫尺长门过万里。

恨君心，似危栏，难久倚。

夜游宫（宴席）

宴罢珠帘半卷，画檐外、蜡香人散。

翠雾霏霏漏声断。

倚香肩，看中庭，花影乱。

宛是高唐馆，宝奁烛、麝烟初暖。

璧月何妨夜夜满。

拥芳柔，恨今年，寒尚浅。

醉落魄

江湖醉客，投杯起舞遗乌帻。

三更冷翠沾衣湿，袅袅菱歌，催落半川月。

空花昨梦休寻觅，云台麟阁俱陈迹。

元来只有闲难得，青史功名，天却无心惜。

临江仙（离果州作）

鸠雨催成新绿，燕泥收尽残红。

春光还与美人同。

论心空眷眷，分袂却匆匆。

　　只道真情易写，那知怨句难工。

　　水流云散各西东。

　　半廊花院月，一帽柳桥风。

蝶恋花

禹庙兰亭今古路，一夜清霜，染尽湖边树。

鹦鹉杯深君莫诉，他时相遇知何处。

　　冉冉年华留不住，镜里朱颜，毕竟消磨去。

　　一句丁宁君记取，神仙须是闲人做。

蝶恋花（离小益作）

陌上箫声寒食近，雨过园林，花气浮芳润。

千里斜阳钟欲暝，凭高望断南楼信。

　　海角天涯行略尽，三十年间，无处无遗恨。

　　天若有情终欲问，忍教霜点相思鬓。

其二

桐叶晨飘蛩夜语，旅思秋光，黯黯长安路。

忽记横戈盘马处，散关清渭应如故。

江海轻舟今已具，一卷兵书，叹息无人付。

早信此生终不遇，当年悔草长杨赋。

其三

水漾萍根风卷絮，倩笑娇颦，忍记逢迎处。

只有梦魂能再遇，堪嗟梦不由人做。

　　梦若由人何处去，短帽轻衫，夜夜眉州路。

　　不怕银缸深绣户，只愁风断青衣渡。

钗头凤

红酥手，黄縢酒，满城春色宫墙柳。

东风恶，欢情薄。

一怀愁绪，几年离索，错错错！

　　春如旧，人空瘦，泪痕红浥鲛绡透。

　　桃花落，闲池阁。

　　山盟虽在，锦书难托，莫莫莫！

定风波 （进贤道上见梅赠王伯寿）

敧帽垂鞭送客回，小桥流水一枝梅。

衰病逢春都不记，谁谓，幽香却解逐人来。

安得身闲频置酒，携手，与君看到十分开。

少壮相从今雪鬓，因甚，流年羁恨两相催。

渔家傲（寄仲高）

东望山阴何处是，往来一万三千里。

写得家书空满纸，流清泪，书回已是明年事。

　　寄语红桥桥下水，扁舟何日寻兄弟。

　　行遍天涯真老矣，愁无寐，鬓丝几缕茶烟里。

破阵子

仕至千钟良易，年过七十常稀。

眼底荣华元是梦，身后声名不自知。

营营端为谁。

　　幸有旗亭沽酒，何妨茧纸题诗。

　　幽谷云萝朝采药，静院轩窗夕对棋。

　　不归真个痴。

其二

看破空花尘世，放轻昨梦浮名。

蜡屐登山真率饮，筇杖穿林自在行。

身闲心太平。

料峭馀寒犹力，帘纤细雨初晴。

苔纸闲题溪上句，菱唱遥闻烟外声。

与君同醉醒。

谢池春

壮岁从戎，曾是气吞残虏。

阵云高、狼烽夜举。

朱颜青鬓，拥雕戈西戍。

笑儒冠、自来多误。

功名梦断，却泛扁舟吴楚。

漫悲歌、伤怀吊古。

烟波无际，望秦关何处。

叹流年、又成虚度。

其二

贺监湖边，初系放翁归棹。

小园林、时时醉倒。

春眠惊起，听啼莺催晓。

叹功名、误人堪笑。

朱桥翠径，不许京尘飞到。

挂朝衣、东归欠早。

连宵风雨，掷残红如扫。

恨樽前、送春人老。

其三

七十衰翁，不减少年豪气。

似天山、凄凉病骥。

铜驼荆棘，洒临风清泪。

甚情怀、伴人儿戏。

如今何幸，作个故溪归计。

鹤飞来、晴岚暖翠。

玉壶春酒，约群仙同醉。

洞天寒、露桃开未。

感皇恩（伯礼立春日生日）

春色到人间，彩幡初戴，正好春盘细生菜。

一般日月，只有仙家偏耐。

雪霜从点鬓，朱颜在。

温诏鼎来，延英催对，风阁鸾台看除拜。

对衣裁稳，恰称球纹新带。

个时方旋了、功名债。

其二

小阁倚秋空，下临江渚，漠漠孤云未成雨。

数声新雁，回首杜陵何处。

壮心空万里，人谁许。

　　黄阁紫枢，筑坛开府，莫怕功名欠人做。

　　如今熟计，只有故乡归路。

　　石帆山脚下，菱三亩。

青玉案（与朱景参会北岭）

西风挟雨声翻浪，恰洗尽、黄茅瘴。

老惯人间齐得丧。

千岩高卧，五湖归棹，替却凌烟像。

　　故人小驻平戎帐，白羽腰间气何壮。

　　我老渔樵君将相。

　　小槽红酒，晚香丹荔，记取蛮江上。

隔浦莲近拍

飞花如趁燕子，直度帘栊里。

帐掩香云暖，金笼鹦鹉惊起。

凝恨慵梳洗，妆台畔，蘸粉纤纤指，宝钗坠。

才醒又困，厌厌中酒滋味。

墙头柳暗，过尽一年春事。

罨画高楼怕独倚，千里，孤舟何处烟水。

其二

骑鲸云路倒景，醉面风吹醒。

笑把浮丘袂，寥然非复尘境。

震泽秋万顷，烟霏散，水面飞金镜，露华冷。

湘妃睡起，鬟倾钗坠慵整。

临江舞处，零乱塞鸿清影。

河汉横斜夜漏永，人静，吹箫同过缑岭。

月上海棠

成都城南有蜀王旧苑，尤多梅，皆二百馀年古木。

斜阳废苑朱门闭，吊兴亡，遗恨泪痕里。

淡淡宫梅，也依然、点酥剪水。

凝愁处，似忆宣华旧事*。

行人别有凄凉意，折幽香、谁与寄千里。

伫立江皋，杳难逢、陇头归骑。

音尘远，楚天危楼独倚。

*宣华，故蜀苑名。

其二

兰房绣户厌厌病，叹春醒、和闷甚时醒。

燕子空归，几曾传、玉关边信。

伤心处，独展团窠瑞锦。

　　熏笼消歇沉烟冷，泪痕深、展转看花影。

　　漫拥馀香，怎禁他、峭寒孤枕。

　　西窗晓，几声银瓶玉井。

风入松

十年裘马锦江滨，酒隐红尘。

万金选胜莺花海，倚疏狂，驱使青春。

吹笛鱼龙尽出，题诗风月俱新。

　　自怜华发满纱巾，犹是官身。

　　凤楼常记当年语，问浮名、何似身亲。

　　欲寄吴笺说与，这回真个闲人。

一丛花

尊前凝伫漫魂迷，犹恨负幽期。

从来不惯伤春泪，为伊后、滴满罗衣。

那堪更是，吹箫池馆，青子绿阴时。

回廊帘影昼参差，偏共睡相宜。

朝云梦断知何处，倩双燕、说与相思。

从今判了，十分憔悴，图要个人知。

其二

仙姝天上自无双，玉面翠蛾长。

黄庭读罢心如水，闭朱户、愁近丝簧。

窗明几净，闲临唐帖，深炷宝奁香。

人间无药驻流光，风雨又催凉。

相逢共话清都旧，叹尘劫、生死茫茫。

何如伴我，绿蓑青箬，秋晚钓潇湘。

蓦山溪（送伯礼）

元戎十乘，出次高唐馆。

归去旧鹓行，更何人、齐飞霄汉。

瞿唐水落，惟是泪波深，

催叠鼓，起牙樯，难锁长江断。

春深鳌禁，红日宫砖暖。

何处望音尘，黯消魂、层城飞观。

人情见惯，不敢恨相忘，

梅驿外，蓼滩边，只待除书看。

蓦山溪（游三荣龙洞）

穷山孤垒，腊尽春初破。

寂寞掩空斋，好一个、无聊底我。

啸台龙岫，随分有云山，

临浅濑，荫长松，闲据胡床坐。

　　三杯径醉，不觉纱巾堕。

　　画角唤人归，落梅村、篮舆夜过。

　　城门渐近，几点妓衣红，

　　官驿外，酒垆前，也有闲灯火。

满江红

危堞朱栏，登览处、一江秋色。

人正似、征鸿社燕，几番轻别。

缱绻难忘当日语，凄凉又作它乡客。

问鬓边、都有几多丝，真堪织。

　　杨柳院，秋千陌；无限事，成虚掷。

　　如今何处也，梦魂难觅。

　　金鸭微温香缥缈，锦茵初展情萧瑟。

　　料也应、红泪伴秋霖，灯前滴。

其二（夔州催王伯礼侍御寻梅之集）

疏蕊幽香，禁不过、晚寒愁绝。

那更是、巴东江上，楚山千叠。

敧帽闲寻西瀼路，鞾鞭笑向南枝说。

恐使君、归去上銮坡，孤风月。

　　清镜里，悲华发；山驿外，溪桥侧。

　　悽然回首处，凤凰城阙。

　　憔悴如今谁领略，飘零已是无颜色。

　　问行厨、何日唤宾僚，犹堪折。

水调歌头（多景楼）

江左占形胜，最数古徐州。

连山如画，佳处缥渺着危楼。

鼓角临风悲壮，烽火连空明灭，往事忆孙刘。

千里曜戈甲，万灶宿貔貅。

　　露沾草，风落木，岁方秋。

　　使君宏放，谈笑洗尽古今愁。

　　不见襄阳登览，磨灭游人无数，遗恨黯难收。

　　叔子独千载，名与汉江流。

汉宫春

张园赏海棠作，园故蜀燕王宫也。

浪迹人间，喜闻猿楚峡，学剑秦川。

虚舟泛然不系，万里江天。

朱颜绿鬓，作红尘、无事神仙。

何妨在，莺花海里，行歌闲送流年。

休笑放慵狂眼，看闲坊深院，多少婵娟。

燕宫海棠夜宴，花覆金船。

如椽画烛，酒阑时、百炬吹烟。

凭寄语，京华旧侣，幅巾莫换貂蝉。

其二（初自南郑来成都作）

羽箭雕弓，忆呼鹰古垒，截虎平川。

吹笳暮归野帐，雪压青毡。

淋漓醉墨，看龙蛇、飞落蛮笺。

人误许，诗情将略，一时才气超然。

何事又作南来，看重阳药市，元夕灯山。

花时万人乐处，攲帽垂鞭。

闻歌感旧，尚时时、流涕尊前。

君记取，封侯事在，功名不信由天。

绣停针

叹半纪，跨万里秦吴，顿觉衰谢。

回首鹓行，英俊并游，咫尺玉堂金马。

气凌嵩华，负壮略、纵横王霸。

梦经洛浦梁园，觉来泪流如泻。

　　山林定去也，却自恐说着，少年时话。

　　静院焚香，闲倚素屏，今古总成虚假。

　　趁时婚嫁，幸自有、湖边茅舍。

　　燕归应笑，客中又还过社。

玉胡蝶（王忠州家席上作.）

倦容平生行处，坠鞭京洛，解佩潇湘。

此夕何年，来赋宋玉高唐。

绣帘开、香尘乍起，莲步稳、银烛分行。

暗端相，燕羞莺妒，蝶绕蜂忙。

　　难忘，芳樽频劝，峭寒新退，玉漏犹长。

　　几许幽情，只愁歌罢月侵廊。

　　欲归时、司空笑问，微近处、丞相嗔狂。

　　断人肠，假饶相送，上马何妨。

赤壁词（招韩无咎游金山）

禁门钟晓，忆君来朝路，初翔鸾鹄。

西府中台推独步，行对金莲宫烛。

鞁绣华鞯，仙葩宝带，看即飞腾速。

人生难料，一尊此地相属。

回首紫陌青门，西湖闲院，锁千梢修竹。

素壁栖鸦应好在，残梦不堪重续。

岁月惊心，功名看镜，短鬓无多绿。

一欢休惜，与君同醉浮玉。

双头莲（呈范至能待制）

华鬓星星，惊壮志成虚，此身如寄。

萧条病骥，向暗里，消尽当年豪气。

梦断故国山川，隔重重烟水。

身万里，旧社凋零，青门俊游谁记。

尽道锦里繁华，叹官闲昼永，柴荆添睡。

清愁自醉，念此际，付与何人心事。

纵有楚柁吴樯，知何时东逝。

空怅望，鲙美菰香，秋风又起。

双头莲

风卷征尘，堪叹处、青骢正摇金辔。

客襟贮泪，漫万点如血，凭谁持寄。

伫想艳态幽情，厌江南佳丽。

春正媚，怎忍长亭，匆匆顿分连理。

目断淡日平芜，望烟浓树远，微茫如荠。

悲欢梦里。奈倦客、又是关河千里。

最苦唱彻骊歌，重迟留无计。

何限事，待与丁宁，行时已醉。

真珠帘

山村水馆参差路，感羁游、正似残春风絮。

掠地穿帘，知是竟归何处。

镜里新霜空自悯，问几时、鸾台鳌署。

迟暮，谩凭高怀远，书空独语。

自古，儒冠多误，悔当年、早不扁舟归去。

醉下白蘋洲，看夕阳鸥鹭。

菰菜鲈鱼都弃了，只换得、青衫尘土。

休顾，早收身江上，一蓑烟雨。

真珠帘

灯前月下嬉游处，向笙歌、锦绣丛中相遇。

彼此知名，才见便论心素。

浅黛娇蝉风调别，最动人、时时偷顾。

归去，想闲窗深院，调弦促柱。

　　乐府初翻新谱，漫裁红点翠，闲题金缕。

　　燕子入帘时，又一番春暮。

　　侧帽燕脂坡下过，料也记、前年崔护。

　　休诉，待从今须与，好花为主。

木兰花慢（夜登青城山玉华楼）

阅邯郸梦境，叹绿鬓、早霜侵。

奈华岳烧丹，青溪看鹤，尚负初心。

年来向浊世里，悟真诠秘诀绝幽深。

养就金芝九畹，种成琪树千林。

　　星坛夜学步虚吟，露冷透瑶簪。

　　对翠凤披云，青鸾溯月，宫阙萧森。

　　琅函一封奏罢，自钧天帝所有知音。

　　却过蓬壶啸傲，世间岁月骎骎。

水龙吟（荣南作）

樽前花底寻春处，堪叹心情全减。

一身萍寄，酒徒云散，佳人天远。

那更今年，瘴烟蛮雨，夜郎江畔。

漫倚楼横笛，临窗看镜，时挥涕、惊流转。

花落月明庭院，悄无言、魂消肠断。

凭肩携手，当时曾效，画梁栖燕。

见说新来，网萦尘暗，舞衫歌扇。

料也羞憔悴，慵行芳径，怕啼莺见。

水龙吟（春日游摩诃池）

摩诃池上追游路，红绿参差春晚。

韶光妍媚，海棠如醉，桃花欲暖。

挑菜初闲，禁烟将近，一城丝管。

看金鞍争道，香车飞盖，争先占、新亭馆。

惆怅年华暗换，黯销魂、雨收云散。

镜奁掩月，钗梁拆凤，秦筝斜雁。

身在天涯，乱山孤垒，危楼飞观。

叹春来只有，杨花和恨，向东风满。

齐天乐（左绵道中）

角残钟晚关山路，行人乍依孤店。

塞月征尘，鞭丝帽影，常把流年虚占。

藏鸦柳暗，叹轻负莺花，谩劳书剑。

事往关情，悄然频动壮游念。

　　孤怀谁与强遣，市垆沽酒，酒薄怎当愁酽。

　　倚瑟妍词，调铅妙笔，那写柔情芳艳。

　　征途自厌，况烟敛芜痕，雨稀萍点。

　　最是眠时，枕寒门半掩。

其二（三荣人日游龙洞作）

客中随处闲消闷，来寻啸台龙岫。

路敛春泥，山开翠雾，行乐年年依旧。

天工妙手，放轻绿萱牙，淡黄杨柳。

笑问东君，为人能染鬓丝否。

　　西州催去近也，帽檐风软，且看市楼沽酒。

　　宛转巴歌，凄凉塞管，携客何妨频奏。

　　征尘暗袖，漫禁得梅花，伴人疏瘦。

　　几日东归，画船平放溜。

安公子

风雨初经社，子规声里春光谢。

最是无情，零落尽、蔷薇一架。

况我今年，憔悴幽窗下。

人尽怪、诗酒消声价。

向药炉经卷，忘却莺窗柳榭。

万事收心也，粉痕犹在香罗帕。

恨月愁花，争信道、如今都罢。

空忆前身，便面章台马。

因自来、禁得心肠怕。

纵遇歌逢酒，但说京都旧话。

望梅

寿非金石，恨天教老向，水程山驿。

似梦里、来到南柯，这些子光阴，更堪轻掷。

戍火边尘，又过了、一年春色。

叹名姬骏马，尽付杜陵，苑路豪客。

长绳漫劳系日，看人间俯仰，俱是陈迹。

纵自倚、英气凌云，奈回尽鹏程，铩残鸾翮。

终日凭高，诮不见、江东消息。

算沙边、也有断鸿，倩谁问得。

解连环

泪淹妆薄，背东风伫立，柳绵池阁。

漫细字、书满芳笺，恨钗燕筝鸿，总难凭托。

风雨无情，又颠倒、绿苔红萼。

仗香醪破闷，怎禁夜阑，酒醒萧索。

　　刘郎已忘故约，奈重门静院，光景如昨。

　　尽做它、别有留心，便不念当时，雨意初着。

　　京兆眉残，怎忍为、新人梳掠。

　　尽今生、拚了为伊，任人道错。

风流子

佳人多命薄，初心慕、德耀嫁梁鸿。

记绿窗睡起，静吟闲咏，句翻离合，格变玲珑。

更乘兴，素纨留戏墨，纤玉抚孤桐。

蟾滴夜寒，水浮微冻，凤笺春丽，花矼轻红。

　　人生谁能料，堪悲处、身落柳陌花丛。

　　空羡画堂鹦鹉，深闭金笼。

　　向宝镜鸾钗，临妆常晚，绣茵牙板，催舞还慵。

　　肠断市桥月笛，灯院霜钟。

苏武慢（唐安西湖）

澹霭空漾，轻阴清润，绮陌细尘初静。

平桥系马，画阁移舟，湖水倒空如镜。

掠岸飞花，傍檐新燕，都似学人无定。

叹连年戎帐，经春边垒，暗凋颜鬓。

　　空记忆、杜曲池台，新丰歌管，怎得故人音信。

　　羁怀易感，老伴无多，谈麈久闲犀柄。

　　惟有翛然，笔床茶灶，自适笋舆烟艇。

　　待绿荷遮岸，红蕖浮水，更乘幽兴。

洞庭春色

壮岁文章，暮年勋业，自昔误人。

算英雄成败，轩裳得失，难如人意，空丧天真。

请看邯郸当日梦，待炊罢黄粱徐欠伸。

方知道，许多时富贵，何处关身。

　　人间定无可意，怎换得、玉鲙丝莼。

　　且钓竿渔艇，笔床茶灶，闲听荷雨，一洗衣尘。

　　洛水秦关千古后，尚棘暗铜驼空怆神。

　　何须更，慕封侯定远，图像麒麟。

大圣乐 *

电转雷惊，自叹浮生，四十二年。

试思量往事，虚无似梦，悲欢万状，合散如烟。

苦海无边，爱河无底，流浪看成百漏船。

何人解，问无常火里，铁打身坚。

　　须臾便是华颠，好收拾形体归自然。

　　又何须着意，求田问舍，生须宦达，死要名传。

　　寿夭穷通，是非荣辱，此事由来都在天。

　　从今去，任东西南北，作个飞仙。

　　*〔此首乃陆游所书，不见于表集，疑非其自作。〕

沁园春（三荣横溪阁小宴）

粉破梅梢，绿动萱丛，春意已深。

渐珠帘低卷，筇枝微步，冰开跃鲤，林暖鸣禽。

荔子扶疏，竹枝哀怨，浊酒一尊和泪斟。

凭栏久，叹山川冉冉，岁月骎骎。

　　当时岂料如今，漫一事无成霜鬓侵。

　　看故人强半，沙堤黄阁，鱼悬带玉，貂映蝉金。

　　许国虽坚，朝天无路，万里凄凉谁寄音。

　　东风里，有灞桥烟柳，知我归心。

其二

一别秦楼，转眼新春，又近放灯。

忆盈盈倩笑，纤纤柔握，玉香化语，雪暖酥凝。

念远愁肠，伤春病思，自怪平生殊未曾。

君知否，渐香消蜀锦，泪渍吴绫。

　　难求系日长绳，况倦客飘零少旧朋。

　　但江郊雁起，渔村笛怨，寒釭委烬，孤砚生冰。

　　水绕山围，烟昏云惨，纵有高台常怯登。

　　消魂处，是鱼笺不到，兰梦无凭。

其三

孤鹤归飞，再过辽天，换尽旧人。

念累累枯冢，茫茫梦境，王侯蝼蚁，毕竟成尘。

载酒园林，寻花巷陌，当日何曾轻负春。

流年改，叹围腰带剩，点鬓霜新。

　　交亲散落如云，又岂料如今馀此身。

　　幸眼明身健，茶甘饭软，非惟我老，更有人贫。

　　躲尽危机，消残壮志，短艇湖中闲采莼。

　　吾何恨，有渔翁共醉，溪友为邻。

陈与义 词全集

陈与义（1090—1139）

字去非，号简斋，洛阳人。北宋末年曾在中央和地方任职，因《墨梅》一诗受到徽宗的赏识。北宋亡，奔走于两湖、两广一带，绍兴七年（1137）任参知政事（副宰相）。在文学上，他的主要成就是诗，特别主张学习杜甫，但直到国破家亡之后，他才深切体会到不能只学杜甫的技巧，而要学杜甫的精神，"但恨平生意，轻了少陵诗"。从此他把个人的遭遇和国家的命运结合起来，作诗题材广泛，感时伤世，成为宋代最有成就的诗人。学杜对他的词风也大有影响，其情调沉郁悲壮，音节高亢苍凉。清人胡薇之说："陈简斋《无住词》才十八首，而首首可传。其言吐属天拔，无蔬笋气。"名作如"长沟流水去无声，杏花疏影里，吹笛到天明""榴花不似舞裙红，无人知此意，歌罢满帘风"，中间寄寓着多少感慨！

目　录

法驾导引

世传顷年都下市肆中，有道人携乌衣椎髻女子，买斗酒独饮，女子歌词以侑，凡九阕，皆非人世语。或记之，以问一道士，道士惊曰：此赤城韩夫人所制水府蔡真君法驾导引也，乌衣女子疑龙云。得其三而亡其六，拟作三阕。

朝元路，朝元路，同驾玉华君。
千乘载花红一色，人间遥指是祥云。
回望海光新。

其二

东风起，东风起，海上百花摇。
十八风鬟云半动，飞花和雨着轻绡。
归路碧迢迢。

其三

帘漠漠，帘漠漠，天澹一帘秋。
自洗玉舟斟白醴，月华微映是空舟。
歌罢海西流。

点绛唇（紫阳寒食）

寒食今年，紫阳山下蛮江左。

竹篱烟锁，何处求新火。

不解乡音，只怕人嫌我。

愁无那，短歌谁和，风动梨花朵。

浣溪沙

离杭日，梁仲谋惠酒，极清而美。七月十二日晚卧小

阁，已而月上，独酌数杯。

送了栖鸦复暮钟，栏干生影曲屏东。

卧看孤鹤驾天风。

起舞一尊明月下，秋空如水酒如空。

谪仙已去与谁同。

菩萨蛮（荷花）

南轩面对芙蓉浦，宜风宜月还宜雨。

红少绿多时，帘前光景奇。

绳床乌木几，尽日繁香里。

睡起一篇新，与花为主人。

忆秦娥（五日移舟明山下作）

鱼龙舞，湘君欲下潇湘浦。

潇湘浦，兴亡离合，乱波平楚。

独无尊酒酬端午，移舟来听明山雨。

明山雨，白头孤客，洞庭怀古。

清平乐（木犀）

黄衫相倚，翠葆层层底。

八月江南风日美，弄影山腰水尾。

楚人未识孤妍，离骚遗恨千年。

无住庵中新事，一枝唤起幽禅。

南柯子（塔院僧阁）

矫矫千年鹤，茫茫万里风。

阑干三面看秋空，背插浮屠千尺、冷烟中。

林坞村村暗，溪流处处通。

此间何似玉霄峰，遥望蓬莱依约、晚云东。

虞美人

亭下桃花盛开，作长短句咏之。

十年花底承朝露，看到江南树。

洛阳城里又东风，未必桃花得似、旧时红。

胭脂睡起春才好，应恨人空老。

心情虽在只吟诗，白发刘郎孤负、可怜枝。

虞美人（大光祖席醉中赋长短句）

张帆欲去仍搔首，更醉君家酒。

吟诗日日待春风，及至桃花开后、却匆匆。

歌声频为行人咽，记着尊前雪。

明朝酒醒大江流，满载一船离恨、向衡州。

虞美人（邢子友会上）

超然堂上闲宾主，不受人间暑。

冰盘围坐此州无，却有一瓶和露、玉芙蕖。

亭亭风骨凉生牖，消尽尊中酒。

酒阑明月转城西，照见纱巾藜杖、带香归。

虞美人

余甲寅岁，自春官出守湖州，秋杪，道中荷花无复存者。乙卯岁，自琐闼以病得请奉祠，卜居青墩，立秋后三日行，舟之前后，如朝霞相映，望之不断也。以长短句记之。

扁舟三日秋塘路，平度荷花去。

病夫因病得来游，更值满川微雨、洗新秋。

去年长恨拏舟晚，空见残荷满。

今年何以报君恩，一路繁花相送、过青墩。

玉楼春（青镇僧舍作）

山人本合居岩岭，聊问支郎分半境。

残年藜杖与纶巾，八尺庭中时弄影。

呼儿汲水添茶鼎，甘胜吴山山下井。

一瓯清露一炉云，偏觉平生今日永。

临江仙

高咏楚词酬午日，天涯节序匆匆。

榴花不似舞裙红。

无人知此意，歌罢满帘风。

万事一身伤老矣，戎葵凝笑墙东。

酒杯深浅去年同。

试浇桥下水，今夕到湘中。

临江仙（夜登小阁，忆洛中旧游）

忆昔午桥桥上饮，坐中多是豪英。

长沟流月去无声。

杏花疏影里，吹笛到天明。

　　二十馀年如一梦，此身虽在堪惊。

　　闲登小阁看新晴。

　　古今多少事，渔唱起三更。

渔家傲（福建道中）

今日山头云欲举，青蛟素凤移时舞。

行到石桥闻细雨，听还住，风吹却过溪西去。

　　我欲寻诗宽久旅，桃花落尽春无所。

　　渺渺篮舆穿翠楚，悠然处，高林忽送黄鹂语。

定风波（重阳）

九日登临有故常，随晴随雨一传觞。

多病题诗无好句，孤负，黄花今日十分黄。

记得眉山文翰老，曾道，四时佳节是重阳。

江海满前怀古意，谁会，阑干三抚独凄凉。

向子諲
词全集

向子諲（1085—1152）

字伯恭，号芗林居士。临江（今属江西）人。北宋末年做过知县，颇有政声。南宋初任长沙知州，陈与义《伤春》诗："稍喜长沙向延阁，疲兵敢犯犬羊锋"，可见其在抗金斗争中的作用。后来官至户部尚书，因反对议和，被秦桧排挤，归老林下。他创作上深受白居易、苏轼的影响。其词南渡前多写男女爱恋，绮丽情深；南渡后则眷怀故国，寄情山水，词意更深，境界也更宽了。他本人也更重视自己的后期作品，因为这里面倾注着他满腔的爱国热忱，后人亦正因此而推崇他。"故园自断伤心切"，"天可老，海能翻，消除此恨难！"这些都使人联想起岳飞的《满江红》、陆游的《夜游宫》来。词风上也很看得出苏轼的影响，如"华灯明月光中，绮罗弦管春风路。龙如骏马，车如流水，软红成雾"，气调遒雄，却情思细致，并非一味粗豪。

目　录

桂殿秋

秋色里，月明中，红旌翠节下蓬宫。
蟠桃已结瑶池露，桂子初开玉殿风。

如梦令

余以岩桂为炉薰，杂以龙麝，或谓未尽其妙。有一道
人授取桂华真水之法，乃神仙术也。其香着人不灭，
名曰芗林秋露。李长吉诗亦云："山头老桂吹古香。"
戏作二阕，以贻好事者。

欲问芗林秋露，来自广寒深处。
海上说蔷薇，何似桂华风度。
高古，高古，不着世间尘污。

其二

谁识芗林秋露，胜却诸天花雨。
休更觅曹溪，自有个中玄路。
参取，参取，滴滴要知落处。

如梦令

午夜凉生翠幔，帘外行云撩乱。

可恨白蘋风，欲雨又还吹散。

肠断，肠断，楚梦惊残一半。

长相思（绍兴戊辰闰中秋）

年重月，月重光，万瓦千林白似霜。

扁舟入醉乡。

　　山苍苍，水茫茫，严濑当时不是狂。

　　高风引兴长。

相见欢

亭亭秋水芙蓉，翠围中。

又是一年风露、笑相逢。

　　天机畔，云锦乱，思无穷。

　　路隔银河犹解、嫁西风。

相见欢

桃源深闭春风，信难通。

流水落花馀恨、几时穷。

　　水无定，花有尽，会相逢。

　　可是人生长在、别离中。

相见欢

腰肢一缕纤长，是垂杨。

泥泥风中衣袖、冷沉香。

　　花如颊，眉如叶，语如簧。

　　微笑微颦相恼、过回廊。

生查子 （绍兴戊午姑苏郡斋怀归赋）

我爱木中犀 *，不是凡花数。

清似水沉香，色染蔷薇露。

　　芗林月冷时，玉笋云深处。

　　归梦托秋风，夜夜江头路。

　　* 旧云：天上得灵根。

生查子

　　与客醉岩桂下，落蕊忽堕酒杯中。

月姊倚秋风，香度青林杪。

吹堕酒杯中，笑靥撩人小。

芗林万事休，独此情未了。

醉里又题诗，不觉花前老。

生查子

与王丰父、郑曼卿兄弟嵩山道中。

月在两山间，人在空明里。

山色碧于天，月色光于水。

心闲物物幽，心动尘尘起。

莫向动中来，长愿闲如此。

生查子

春心如杜鹃，日夜思归切。

啼尽一川花，愁落千山月。

遥怜白玉人，翠被馀香歇。

可惯独眠寒，减动丰肌雪。

生查子

近似月当怀，远似花藏雾。

好是月明时，同醉花深处。

看花不自持，对月空相顾。
愿学月频圆，莫作花飞去。

生查子

春山和恨长，秋水无言度。
脉脉复盈盈，几点梨花雨。
　　深深一段愁，寂寂无行路。
　　推去又还来，没个遮拦处。

生查子（赠陈宋邻）

娟娟月入眉，整整云归鬓。
镜里弄妆迟，帘外花移影。
　　斜窥秋水长，软语春莺近。
　　无计奈情何，只有相思分。

生查子

相思懒下床，春梦迷胡蝶。
入柳又穿花，去去轻如叶。
　　可堪歧路长，不道关山隔。
　　无赖是黄鹂，唤起空愁绝。

点绛唇

芗林老人，绍兴甲寅中秋，与二三禅子对月宝林山中，戏作长短句，俗呼点绛唇。

绿水青山，一轮明月林梢过。

有谁同坐，妙德毗卢我。

　　石女高歌，古调无人和。

　　还知么，更没别个，且莫分疏破。

点绛唇（代净众老）

此夜中秋，不向光影门前过。

披衣得坐，无佛众生我。

　　没鼓打皮，借问今几和。

　　还知么，就中两个，鼻孔谁穿破。

点绛唇（代香严荣老）

不昧本来，太虚明月流辉过。

令行独坐，高下都由我。

　　玉轸无弦，谁对秋风和。

　　还知么，老庞一个，识得机关破。

点绛唇（代栖隐昙老）

折脚铛中，二时粥饭随缘过。
东行西坐，不识而今我。

坏尽田园，终日且婆和。
还知么，锥也无个，肘露衣衫破。

点绛唇（复自和）

不挂一裘，世间万事如风过。
忘缘兀坐，皮袋非真我。

随色摩尼，朱碧如何和。
还知么，从来只个，千古扑不破。

点绛唇（别代净众）

荆棘林中，浪夸好手曾穿过。
不起于坐，冟塞虚空我。

问路台山，婆子随声和。
还知么，石桥老个，些子平窥破。

点绛唇（别代香严）

春浪桃花，禹门三尺平跳过。

死生不坐，变化须归我。
　　山起南云，北雨声相和。
　　还知么，点点真个，块土何曾破。

点绛唇（别代栖隐）

脱落皮肤，故人南岳峰前过。
只知闲坐，千圣难窥我。
　　明月澄潭，谁唱复谁和。
　　还知么，锦鳞没个，莫触清光破。

点绛唇（别自和）

绿水池塘，笑看野鸭双飞过。
正当呆坐，纫鼻须还我。
　　尽日张弓，许久无人和。
　　还知么，难得全个，不免须明破。

点绛唇

世传水月观音词，徐师川恶其鄙俗，戏作一首似之。
冰雪肌肤，靓妆喜作梅花面。
寄情高远，不与凡尘染。

玉立峰前，闲把经珠转。

秋风便，雾收云卷，水月光中见。

点绛唇（重九戏用东坡先生韵）

无热池南，岁寒亭上开新宴。

青山芳甸，尽入真如观。

举酒高歌，人在秋天半。

晴空远，寒江影乱，何处飞来雁。

点绛唇

病卧秋风，懒寻杯酒追欢宴。

梦游都甸，不改当年观。

故旧凋零，天下今无半。

烟尘远，泪珠零乱，怕问随阳雁。

点绛唇

今日重阳，强挼青蕊聊开宴。

我家几甸，试上连辉观。

忆着醮池，古塔烟霄半。

愁心远，情随云乱，肠断江城雁。

点绛唇

重阳后数日，菊墩始有花。与诸友再登，赋第四首。

莫问重阳，黄花满地须游宴。

休论夷甸，且作江山观。

百岁光阴，屈指今过半。

霜天晚，眼昏花乱，不见书空雁。

点绛唇

王景源使君宠示岩桂长短句，拟和一首。

春蕙秋兰，断崖空谷终难近。

何如逸韵，十里香成阵。

倾盖论交，白首情无尽。

因君问，新声玉振，更觉花清润。

点绛唇（再赋示王景源使君）

璧月光辉，万山不隔蟾宫树。

金风玉露，水国秋无数。

老子情钟，欲向香中住。

君王许，龙鸾飞舞，送到归休处。

点绛唇

再次王景源使君韵，赋第三首。

明月山头，古香吹堕青林底。

世情无味，伴我千岩里。

　　诗老风流，也向花留意。

　　歌新拟，调高难比，半坐分君醉。

点绛唇（南昌送范帅）

丹凤飞来，细传日下丝纶语。

使君归去，已近沙堤路。

　　风叶露花，秋意浓如许。

　　江天暮，离歌轻举，愁满西山雨。

浣溪沙（宝林山间见兰）

绿玉丛中紫玉条，幽花疏淡更香饶。

不将朱粉污高标。

　　空谷佳人宜结伴，贵游公子不能招。

　　小窗相对诵离骚。

浣溪沙

渔父词，张志和之兄松龄所作也，有招玄真子归隐之意。居士为姑苏郡守，浩然有归志，因广其声为浣溪沙，示姑苏诸友。

乐在烟波钓是闲，草堂松桂已胜攀。

梢梢新月几回弯。

一碧太湖三万顷，屹然相对洞庭山。

狂风浪起且须还。

浣溪沙（戏呈牧庵舅）

进步须于百尺竿，二边休立莫中安。

要知玄露没多般。

花影镜中拈不起，蟾光空里撮应难。

道人无事更参看。

浣溪沙

荆公除日诗云："爆竹声中一岁除，东风送暖入屠苏。千门万户曈曈日，争插新桃换旧符。"东坡诗云："老去怕看新历日，退归拟学旧桃符。"古今绝唱也。吕居仁诗有"画角声中一岁除，平明更饮屠苏酒"之句，政用以为故事耳。芎林退居之十年，戏集两公诗，辄以鄙意足成浣溪沙，因书以遗灵照。

爆竹声中一岁除，东风送暖入屠苏。

瞳瞳色上林庐。

　老去怕看新历日，退归拟学旧桃符。

　青春不染白髭须。

浣溪沙

　岩桂花开，不数日谢去，每恨不能挽留。近得海上方，可作炉熏，颇耐久。

醉里惊从月窟来，睡馀如梦蕊宫回。

碧云时度小崔嵬。

　疑是海山怜我老，不论时节遣花开。

　从今休数返魂梅。

浣溪沙（老妻生日）

星斗昭回自一天，疏梅池畔斗清妍。

蟠桃正熟藕如船。

　叶上灵龟来瑞世，林间白鹤舞胎仙。

　春秋不记几千年。

浣溪沙

堂前岩桂犯雪开数枝，色如杏黄，适当老妻生朝，作
此以侑觞。

瑞气氤氲拂水来，金幢玉节下瑶台。

江梅岩桂一时开。

　不尽秋香凝燕寝，无边春色入尊罍。

　临风嗅蕊共裴回。

浣溪沙

和曾吉甫韵呈宋晋待制。宋有二小姬，小桃、小兰。

绿绕红围宋玉墙，幽兰林下正芬芳。

桃花气暖玉生香。

　谁道广平心似铁，艳妆高韵两难忘。

　苏州老矣不能狂。

浣溪沙（再用前韵寄曾吉甫运使）

霭霭停云覆短墙，天天临水自然芳。

猗猗无处着清香。

　珍重蓦山溪句好，尊前频举不相忘。

　濠梁梦蝶尽春狂。

浣溪沙（简王景源、元渤伯仲）

南国风烟深更深，清江相接是庐陵。

甘棠两地绿成阴。

九日黄花兄弟会，中秋明月故人心。

悲欢离合古犹今。

浣溪沙

绍兴辛未中秋，王景源使君乘流下萧滩，舍舟从陆。

芗林老人以长短句赠行。

樽俎风流意气倾，一杯相属忍催行。

离歌更作断肠声。

衮衮大江前后浪，娟娟明月短长亭。

水程山驿总关情。

浣溪沙

冰雪肌肤不受尘，脸桃眉柳暖生春。

手搓梅子笑迎人。

欲语又休无限思，暂来还去不胜颦。

梦随胡蝶过东邻。

浣溪沙

花想仪容柳想腰，融融曳曳一团娇。

绮罗丛里最妖娆。

歌罢碧天零影乱，舞时红袖雪花飘。

几回相见为魂销。

浣溪沙

赵总怜以扇头来乞词，戏有此赠。赵能着棋、写字、
分茶、弹琴。

艳赵倾燕花里仙，乌丝栏写永和年。

有时闲弄醒心弦。

茗碗分云微醉后，纹楸斜倚髻鬟偏。

风流模样总堪怜。

浣溪沙

王称心效颦，亦有是请，再用前韵赠之。

曾是襄王梦里仙，娇痴恰恰破瓜年。

芳心已解品朱弦。

浅浅笑时双靥媚，盈盈立处绿云偏。

称人心是尽人怜。

浣溪沙

一夜凉飕动碧厨，晓庭飞雨溅真珠。
玉人睡起倚金铺。

　　云髻作堆初未整，柳腰如醉不胜扶。
　　天仙风调世间无。

浣溪沙

　　政和壬辰正月豫章龟潭作，时徐师川、洪驹父、汪彦章携酒来作别。

璧月光中玉漏清，小梅疏影水边明。
似梅人醉月西倾。

　　梅欲黄时朝暮雨，月重圆处短长亭。
　　旧愁新恨若为情。

浣溪沙（连年二月二日出都门）

人意天公则甚知，故教小雨作深悲。
桃花浑似泪胭脂。

　　理棹又从今日去，断肠还似去年时。
　　经行处处是相思。

浣溪沙（政和癸巳仪真东园作）

花样风流柳样娇，雪中微步过溪桥。
心期春色到梅梢。

　　折得一枝归绿鬓，冰容玉艳不相饶。
　　索人同去醉金蕉。

浣溪沙

守得梅开着意看，春风几醉玉栏干。
去时犹自惜馀欢。

　　雨后重来花扫地，叶间青子已团团。
　　凭谁寄与矗眉山。

浣溪沙（荼蘼和狄相叔韵赠陈宋邻）

翡翠衣裳白玉人，不将朱粉污天真。
清风为伴月为邻。

　　枕上解随良夜梦，壶中别是一家春。
　　同心小绾更尖新。

浣溪沙

两点春山入翠眉，一緺杨柳作腰肢。

语音娇软带儿痴。

犹省当来求识面，隔帘清唱倒琼彝。

真成相见说当时。

浣溪沙

姑射肌肤雪一团，掺掺玉手弄冰纨。

着人情思几多般。

水上月如天样远，眼前花似镜中看。

见时容易近时难。

浣溪沙

云外遥山是翠眉，风前杨柳入腰肢。

凌波微步袜尘飞。

倚醉传歌留客处，佯嗔不语觜人时。

风流态度百般宜。

浣溪沙（许南叔席上）

百斛明珠得翠蛾，风流彻骨更能歌。

碧云留住劝金荷。

取醉归来因一笑，恼人深处是横波。

酒醒情味却知么？

减字木兰花

绍兴辛未冬温，腊前梅花已谢去。明日立春，今夕大雪。程德远弟来自龙舒，张师言寄声相问，有怀其人。

青松翠筱，一夜欹倾如醉倒。

残腊能佳，落尽梅花见雪花。

诗崖酒岛，何日登临同笑傲。

未老还家，饱历年华有鬓华。

减字木兰花 *

绍兴壬申春，芎林瑞香盛开，赋此词。

斜红叠翠，何许花神来献瑞。

粲粲裳衣，割得天孙锦一机。

真香妙质，不耐世间风与日。

着意遮围，莫放春光造次归。

*是年三月十有六日辛亥公下世。此词公之绝笔也。

减字木兰花

维摩住处，竟日缤纷花似雨。
更有难忘，十里清芬扑鼻香。

　　当年疏傅，借问赐金那用许。
　　何似归橐，宝墨光芒万丈长。

减字木兰花

年年岩桂，恰恰中秋供我醉。
今日重阳，百树犹无一树香。

　　且倾白酒，赖有茱萸枝在手。
　　可是清甘，绕遍东篱摘未堪。

减字木兰花

无穷白水，无限芰荷红翠里。
几点青山，半在云烟晻霭间。

　　移舟横截，卧看碧天流素月。
　　此意虚徐，好把芗林入画图。

减字木兰花（登望韶亭）

两峰对起，象阙端门云雾里。
千嶂排空，虎节龙旂指顾中。
　　萧韶妙曲，我试与听音韵足。
　　借问谁传，松上清风石上泉。

减字木兰花

翠鬟双小，绿绮朱弦心未了。
画戟森间，玉子纹楸手共谈。
　　不妨扶老，未说他年无限笑。
　　且要忘忧，莫问今朝胜几筹。

减字木兰花（梅花盛开走笔戏呈韩叔夏）

腊前雪里，几处梅梢初破蕊。
年后江边，是处花开晚更妍。
　　绝知春意，不耐愁何心与醉。
　　更有难忘，宋玉墙头婉婉香。

减字木兰花（韩叔夏席上戏作）

谁知莹澈，惟有碧天云外月。

一见风流，洗尽胸中万斛愁。

　　剩烧蜜炬，只恐夜深花睡去。

　　想得横陈，全是巫山一段云。

减字木兰花

千山万水，望极不知何处是。

小院回廊，梦去相寻未觉长。

　　绝怜清瘦，雪里梅梢春未透。

　　常记分携，雨后梨花晓尚啼。

减字木兰花

去年端午，共结彩丝长命缕。

今日重阳，同泛黄花九酝觞。

　　经时离缺，不为莱菔髭似雪。

　　一笑逢迎，休觅空青眼自明。

减字木兰花（政和癸巳）

几年不见，胡蝶枕中魂梦远。

一日相逢，鹦鹉杯深笑靥浓。

　　欢心未已，流水落花愁又起。

　　离恨如何，细雨斜风晚更多。

卜算子

临镜笑春风，生怕梅花妒。

疑是西湖处士家，疏影横斜处。

　　江静竹娟娟，绿绕青无数。

　　独许幽人子细看，全胜墙东路。

卜算子

　　中秋欲雨还晴，惠力寺江月亭用东坡先生韵示诸禅老，
　　寄徐帅川枢密。

雨意挟风回，月色兼天静。

心与秋空一样清，万象森如影。

　　何处一声钟，令我发深省。

　　独立沧浪忘却归，不觉霜华冷。

卜算子

重阳后数日，避乱行双源山间，见菊，复用前韵。时以九江郡恩辞，未报。

时菊碎榛丛，地僻柴门静。

谁道村中好客稀，明月和清影。

天地一蘧庐，梦事慵思省。

若个知余懒是真，心已如灰冷。

卜算子

督战沘水，再用前韵第三首示青草堂。

胶胶扰扰中，本体元来静。

一段澄明绝点埃，世事如泡影。

歇即是菩提，此语须三省。

古道无人着脚行，禾黍秋风冷。

卜算子（复自和赋第四首）

千古一灵根，本妙元明静。

道个如如已是差，莫认风番影。

枯木夜堂深，默坐时观省。

月落乌鸡出户飞，万里关河冷。

卜算子

东坡先生尝作卜算子，山谷老人见之云：类不食烟火人语。芗林往岁见梅追和一首，终恨有儿女子态耳。

竹里一枝梅，雨洗娟娟静。

疑是佳人日暮来，绰约风前影。

　　新恨有谁知，往事何堪省。

　　梦绕阳台寂寞回，沾袖馀香冷。

菩萨蛮

天仙醉把真珠掷，荷翻写入玻璃碧。

雨过酒尊凉，红蕖苒苒香。

　　飞来双白鹭，屡作傲傲舞。

　　山鸟起清歌，晚来情更多。

菩萨蛮

鸳鸯翡翠同心侣，惊风不得双飞去。

春水绿西池，重期相见时。

　　长怜心共语，梦里池边路。

　　相见不如新，花应解笑人。

菩萨蛮（政和丙申）

娟娟明月如霜白，鳌山可是蓬山隔。

恨不及春风，行云处处同。

　　暖香红雾里，一笑谁新喜。

　　知得远愁无，春衫有泪珠。

菩萨蛮

袜儿窄剪鞋儿小，纹鸳并影双双好。

微步巧藏人，轻飞洛浦尘。

　　前回深处见，欲近还相远。

　　心事不能知，教人直是疑。

丑奴儿（宣和辛丑）

无双亭下琼花树，玉骨云腴。

倾国称姝，除却扬州是无处。

　　天教红药来参乘，桃李先驱。

　　总作花奴，翠拥红遮到玉都。

采桑子

人如濯濯春杨柳，彻骨风流。
脱体温柔，牵系多情尽未休。

最怜恰恰新眠起，云雨初收。
斜倚琼楼，叶叶眉心一样愁。

采桑子（芗林为牧奄舅作）

霜须七十期同老，云水之乡。
总挂冠裳，闲里光阴一倍长。

况逢菊麝篱边笑，风露中香。
报答秋光，自有仙人九酝觞。

好事近（绍兴辛未病起见梅）

多病卧江干，过尽春花秋叶。
又见横斜疏影，弄阶前明月。

呼儿取酒据胡床，尚喜知时节。
宜与老夫情厚，有鬓边残雪。

好事近（用前韵答邓端友使君）

风劲入平林，扫尽一林黄叶。
惟有长松千丈，挂娟娟霜月。

使君和气动江城，疑是芳菲节。
忽到小园游戏，见南枝如雪。

好事近（中秋前一日为寿）

小雨度微云，快染一天新碧。
恰到中秋佳处，是芳年华日。

冰轮莫做九分看，天意在今夕。
先占广寒风露，怕姮娥偏得。

好事近（怀安郡王席上）

初上舞茵时，争看袜罗弓窄。
恰似晚霞零乱，衬一钩新月。

折旋多态小腰身，分明是回雪。
生怕因风飞去，放真珠帘隔。

清平乐

芗林之居，岩桂为最。比得公是先生清平乐词云："小山丛桂。最有留人意。拂叶攀花无限思。露湿浓香满袂。　别来过了秋光。翠帘昨夜新霜。多少月宫闲地，姮娥与借馀芳。"因赋一首。

幽花无外，心与芗林会。

绿发相看今老矣，不作浅俗气味。

露叶巍巍生光，风梢泛泛飘香。

称意中秋开了，馀情犹及重阳。

清平乐（岩桂盛开戏呈韩叔夏司谏）

吴头楚尾，踏破芒鞋底。

万壑千岩秋色里，不耐恼人风味。

而今老我芗林，世间百不关心。

独喜爱香韩寿，能来同醉花阴。

清平乐（奉酬韩叔夏）

薄情风雨，断送花何许。

一夜清香无觅处，却返云窗月户。

醉乡曲米为春，荆州富贵中人。

肯入芗林净社，玉山屡倒芳茵。

清平乐（赠韩叔夏）

银钩虿尾，一似钟繇字。

吏部文章麟角起，自是惊人瑞世。

西垣准拟挥毫，不须苦续离骚。

政看翻阶红药，无忘丛桂香醪。

清平乐（答赵彦正使君）

人间尘外，一种寒香蕊。

疑是月娥天上醉，戏把黄云接碎。

使君坐啸清江，腾芳飞誉无双。

兴寄小山丛桂，诗成棐几明窗。

清平乐

郑长乡资政惠以龙焙绝品。余方酿芗林春色，恨不得持去，戏有此赠。

芗林春色，杯面云腴白。

醉里不知天地窄，真是人间欢伯。

风流玉友争妍，酪奴可与忘年。

空涌少陵佳句，饮中谁与俱仙。

清平乐（滁阳寄邵子非诸友）

云无天净，明月端如镜。

乌鹊绕枝栖未稳，零露垂垂珠陨。

扁舟共绝潮河，秋风别去如梭。

今夜凄然对影，与谁斟酌姮娥。

秦楼月

芳菲歇，故园目断伤心切。

伤心切，无边烟水，无穷山色。

可堪更近乾龙节，眼中泪尽空啼血。

空啼血，子规声外，晓风残月。

秦楼月

虫声切，柔肠欲断伤离别。

伤离别，几行清泪，界残红颊。

玉阶白露侵罗袜，下帘却望玲珑月。

玲珑月，寒光凌乱，照人愁绝。

105

更漏子（雪中韩叔夏席上）

小窗前，疏影下，鸾镜弄妆初罢。
梅似雪，雪如人，都无一点尘。

　　暮江寒，人响绝，更着朦胧微月。
　　山似玉，玉如君，相看一笑温。

更漏子

　　题赵伯山青白轩，时王丰父、刘长因同赋。
竹孤青，梅酽白，更着使君清绝。
梅似竹，竹如君，须知德有邻。

　　月同高，风同调，月底风前一笑。
　　翻碎影，度微香，与人风味长。

更漏子

鹊桥边，牛渚上，翠节红旌相向。
承玉露，御金风，年年岁岁同。

　　懒飞梭，停弄杼，遥想彩云深处。
　　人咫尺，事关山，无聊独倚栏。

阮郎归 (绍兴乙卯大雪行鄱阳道中)

江南江北雪漫漫，遥知易水寒。

同云深处望三关，断肠山又山。

天可老，海能翻，消除此恨难。

频闻遣使问平安，几时鸾辂还。

朝中措

王景源使君生日坐上偶作。

满城腊雪净无埃，触处是花开。

天上琼林珠树，谁知夜半移来。

黄堂荐寿，请君着意，和气潜回。

化作一江春酒，都将注入尊罍。

西江月 (番禺赵立之郡王席上)

风响蕉林似雨，烛生粉艳如花。

客星乘兴泛仙槎，误到支机石下。

欢喜地中取醉，温柔乡里为家。

暖红香雾闹春华，不道风波可怕。

107

西江月

吴穆仲与法喜以禅悦为乐，寄唱酬醉蓬莱示芗林居士，有"见处即已，无心即了"之句，戏作是词答之。

见处莫教认着，无心慎勿沉空。

本无背面与初终，说了还同说梦。

欲识芗林居士，真成渔父家风。

收丝垂钓月明中，总是神通妙用。

西江月

绍兴丁巳，遍走浙东诸郡，遂作天台、雁荡之游，政黄柑江鳐时，足慰平生。时拜御书芗林之赐，因成长短句，寄朱子发、范无长、陈去非翰林三学士，以资玉堂中一笑。

得意穿云度水，及时斫玉分金。

兹游了却未来心，怪我归迟一任。

居士何如学士，翰林休笑芗林。

个中真味少知音，不是清狂太甚。

西江月

政和间，余卜筑宛丘，手植众芗，自号芗林居士。建炎初，解六路漕事，中原傲扰，故庐不得返，卜居清江之五柳坊。绍兴癸丑，罢帅南海，即弃官不仕。乙卯起，以九江郡复转漕江东，入为户部侍郎。辞荣避谤，出守姑苏。到郡少日，请又力焉，诏可，且赐舟日泛宅，送之以归。己未暮春，复还旧隐。时仲舅李公休亦辞春陵郡守致仕，喜赋是词。

五柳坊中烟绿，百花洲上云红。

萧萧白发两衰翁，不与时人同梦。

　　抛掷麟符虎节，徜徉江月林风。

　　世间万事转头空，个里如如不动。

西江月

山谷作酴醾诗，极工，所谓"露湿何郎试汤饼，日烘荀令炷炉香"。取古人语以况此花，称为著题。余三十年前，与晁之道、狄端叔诸公醉皇建院东武襄家，酴醾甚盛，各赋长短句。独记余浣溪沙一首云："翠羽衣裳白玉人，不将朱粉污天真，清风为伴月为邻。　　枕上解随良夜梦，壶中别是一家春。同心小绾更尖新。"真成梦事。此坨此花不殊，而心情老懒，无复当时矣，勉强作是词云。

红退小园桃杏，绿生芳草池塘。

谁教芍药殿春光，不似酴醾官样。

　　翠盖更蒙珠幰，薰炉剩熨沉香。

　　娟娟风露满衣裳，独步瑶台月上。

西江月

　老妻生日，因取芗林中所产异物，作是词以侑觞。

几见芙蓉并蒂，忽生三秀灵芝。

千年老树出孙枝，岩桂秋来满地。

　　白鹤云间翔舞，绿龟叶上游戏。

　　齐眉偕老更何疑，个里自非尘世。

西江月

微步凌波尘起，弄妆满镜花开。

春心掷处眼频来，秀色着人无耐。

　　旧事如风无迹，新愁似水难裁。

　　相思日夜梦阳台，减尽沈郎衣带。

一落索

春风吹断前山雨，行云归去。

暂来须信本无心，回首了无寻处。

欲问个中玄路，阿谁能语。

澄江霁月却深知，把此意、都分付。

少年游（别韩叔夏）

去年同醉，酴醾花下，健笔赋新词。

今年君去，酴醾欲破，谁与醉为期。

旧曲重歌倾别酒，风露泣花枝。

章水能长湘水远，流不尽、两相思。

南歌子

柳眼风前动，梅心雪后寒。

年光浑似雾中看，报答风光无处、可为欢。

一曲聊收泪，三杯强自宽。

新愁不耐上眉端，怕见长安归路、懒凭栏。

南歌子

江左称岩桂，吴中说木犀。

水沉为骨郁金衣，却恨疏梅恼我、得香迟。

叶借山光润，花蒙水色奇。

年年勾引赋新诗，应笑芗林冷淡、独心知。

南歌子（绍兴辛酉病起）

病着连三月，谁能慰老夫。

萧萧短发不胜梳，风里支离欲倒、要人扶。

　　秋月明如水，岩花忽起予。

　　旋笃白酒入盘盂，报答风光不醉、更何如。

南歌子

　　韩公圭近有提举广东市舶之命，假道清江，执别年馀，

　　忽尔相逢，喜甚，因赋是词云。

我入三摩地，人疑小有天。

君王送老白云边，不用丹青图画、上凌烟。

　　喜搅澄清辔，能同载酒船。

　　相逢忽谩别经年，好是两身强健、在尊前。

南歌子

雨过林峦静，风回池阁凉。

窥人双燕语雕梁，笑看小荷翻处、戏鸳鸯。

　　共饮菖蒲细，同分彩线长。

　　今朝真不负风光，绝胜几年飞梦、绕高唐。

南歌子（代张仲宗赋）

碧落飞明镜，晴烟幂远山。

扁舟夜下广陵滩，照我白蘋红蓼、一杯残。

　　初望同盘饮，如何两处看。

　　遥知香雾湿云鬟，凭暖琼楼十二、玉栏干。

南歌子（郭小娘道装）

缥缈云间质，轻盈波上身。

瑶林玉树出风尘，不是野花凡草、等闲春。

　　翠羽双垂珥，乌纱巧制巾。

　　经珠不动两眉颦，须信铅华销尽、见天真。

南歌子

梁苑千花乱，隋堤一水长。

眼前风物总悲凉，何况眉头心上、不相忘。

　　因梦聊携手，凭书续断肠。

　　已惊蝴蝶过东墙，更被风吹鸿雁、不成行。

三字令

春尽日，雨馀时。

红蔌蔌，绿漪漪。

花满地，水平池。

烟光里，云影上，画船移。

  纹鸳并，白鸥飞。

  歌韵响，酒行迟。

  将我意，入新诗。

  春欲去，留且住，莫教归。

望江南

  八月十四日望为寿，近有弄璋之庆。

微雨过，庭院净无尘。

天上秋期明日是，人间月影十分清。

真不负佳辰。

  称寿处，香雾绕花身。

  玉兔已成千岁药，桂华更与一枝新。

  喜气满重闱。

鷓鴣天（寿太夫人）

戏彩堂深翠幕张，南飔特地作微凉。
葵花向日枝枝似，萱草忘忧日日长。

　　门有庆，福无疆，老人星与酒生光。
　　殷勤更假天吴手，倾泻西江入寿觞。

鷓鴣天（番禺齐安郡王席上赠故人）

召埭初逢两妙年，瑶林玉树倚风前。
疏梅影里春同醉，红芰香中月一船。

　　长怅恨，短因缘，空馀胡蝶梦相连。
　　谁知瘴雨蛮烟地，重上襄王玳瑁筵。

鷓鴣天（豫章郡王席上）

两个鸳鸯波上来，一缗杨柳掌中回。
已愁共雪因风去，更着繁弦急管催。

　　含浅笑，劝深杯，桃花气暖眼边开。
　　司空常见风流惯，输与山翁醉玉摧。

鹧鸪天（绍兴己未归休后赋）

露下风前处处幽，官黄如染翠如流。
谁将天上蟾宫树，散作人间水国秋。

香郁郁，思悠悠，几年魂梦绕江头。
今朝得到芗林醉，白发相看万事休。

鹧鸪天

旧史载白乐天归洛阳，得杨常侍旧第，有林泉之致，占一都之胜。芗林居士卜筑清江，乃杨遵道光禄故居也。昔文安先生之所可，而竹木池馆，亦甚似之。其子孙与两苏、山谷从游。所谓百花洲者，因东坡而得名，尝为绝句以纪其事。后戏广其声，为是词云。

莫问清江与洛阳，山林总是一般香。
两家地占西南胜，可是前人例姓杨。

石作枕，醉为乡，藕花菱角满池塘。
虽无中岛霓裳奏，独鹤随人意自长。

鹧鸪天

有怀京帅上元，与韩叔夏司谏、王夏卿侍郎、曹仲谷少卿同赋。

紫禁烟花一万重，鳌山宫阙倚晴空。

玉皇端拱彤云上，人物嬉游陆海中。

　　星转斗，驾回龙，五侯池馆醉春风。

　　而今白发三千丈，愁对寒灯数点红。

鹧鸪天（戏韩叔夏）

只有梅花似玉容，云窗月户几尊同。

见来怨眼明秋水，欲去愁眉淡远峰。

　　山万叠，水千重，一双胡蝶梦能通。

　　都将泪作黄梅雨，尽把情为柳絮风。

鹧鸪天（老妻生日）

玉篆题名在九天，而今且作地行仙。

挂冠神武归休后，同醉艻林是几年。

　　龟游泳，鹤蹁跹，疏梅修竹两清妍。

　　欲知福寿都多少，阁皂清江可比肩。

鹧鸪天（咏红梅）

江北江南雪未消，此花独步百花饶。

青枝可爱难为杏，绿叶初无不是桃。

117

多态度，足风标，蕊珠仙子醉红潮。

绝怜竹外横斜处，似与芎林慰寂寥。

鹧鸪天

绍兴壬戌中秋前数夕，与杨谨仲、鲁子明、刘曼容及子驹兄弟待月新桥。

驾月新成碧玉梁，青天万里泻银潢。

广寒宫里无双树，无热池边不尽香。

承露液，酿秋光，直须一举累千觞。

不知世路风波恶，何似芎林气味长。

鹧鸪天（绍兴戊辰岁闰中秋）

明月光中与客期，一年秋半两圆时。

姮娥得意为长计，织女欢盟可恨迟。

瞻玉兔，倒琼彝，追怀往事记新词。

浩歌直入沧浪去，醉里归来凝不知。

鹧鸪天

曾端伯使君自处守移帅荆南，作是词戏之。

赣上人人说故侯，从来文采更风流。

题诗谩道三千首，别酒须拚一百筹。

乘画鹢，衣轻裘，又将春色过荆州。

合江绕岸垂杨柳，总学歌眉叶叶愁。

鹧鸪天（与徐师川同过叶梦授家）

小院深明别有天，花能笑语柳能眠。

雪肌得洒于中暖，莲步凌波分外妍。

钗燕重，鬓荷偏，两山斜叠翠连娟。

朝云无限矜春态，暮雨情知更可怜。

鹧鸪天（宣和己亥代人赠别）

斗帐欢盟不计年，谁知蓦地远如天。

何曾一霎离心上，怎得而今在眼前。

鱼不断，雁相连，可无小字寄芳笺。

薄情已是抛人去，更与新愁到酒边。

鹧鸪天（同前）

说着分飞百种猜，泥人细数几时回。

风流可惯曾孤冷，怀抱如何得好开。

垂玉箸，下香阶，凭肩小语更兜鞋。

再三莫遣归期误，第一频教入梦来。

鹧鸪天

浅浅妆成淡淡梅，见梅忆着傍妆台。

书无鸿雁如何寄，肠断催归作么回。

千种恨，百般猜，为伊怀抱几时开。

可堪江上风头恶，不放朝云入梦来。

鹧鸪天

几处秋千懒未收，花梢柳外出纤柔。

霞衣轻举疑奔月，宝髻攲倾若坠楼。

争缥缈，斗风流，蜂儿蛱蝶共嬉游。

朝朝暮暮春风里，落尽梨花未肯休。

虞美人

与赵正之宛丘执别，俯仰十有馀年。忽谩相逢，又尔
语别，作是词以送之。时正之被召。

淮阳堂上曾相对，笑把姚黄醉。

十年离乱有深忧，白发萧萧同见、渚江秋。

履声细听知何处，欲上星辰去。

清寒初溢暮云收，更看碧天如水、月如流。

虞美人

明年过彭蠡。遇大风，行巨浪中。用前韵寄赵正之及
洪州李相公，兼示开元栖隐二老。

银山堆里庐山对，舟子愁如醉。

笑看五老了无忧，大觉胸中云梦、气横秋。

若人到得归元处，空一齐销去。

直须闻见泯然收，始知大江东注、不曾流。

虞美人

中秋，与二三禅子方诵十玄谈，赵正之复以长短句见
寄，乃用其韵语答之，兼示栖隐宁老。

澄江霁月清无对，鲁酒何须醉。

人怜贫病不堪忧，谁识此心如月、正含秋。

再三涝漉方知处，试向波心去。

迢迢空劫勿能收，谩道从来天地、与同流。

虞美人

梅花盛开，走笔戏呈韩叔夏司谏。

江头苦被梅花恼，一夜霜须老。

谁将冰玉比精神，除是凌风却月、见天真。

　　情高意远仍多思，只有人相似。

　　满城桃李不能春，独向雪花深处、露花身。

虞美人（政和丁酉下琵琶沟作）

濛濛烟树无重数，不碍相思路。

晚云分外欲增愁，更那堪疏雨、送归舟。

　　雨来还被风吹去，陨泪多如雨。

　　拟题双叶问离忧，怎得水随人意、肯西流。

虞美人

去年不到琼花底，蝶梦空相倚。

今年特地趁花来，却甚不教同醉、过花开。

　　花知此恨年年有，也伴人春瘦。

　　一枝和泪寄春风，应把旧愁新怨、入眉峰。

虞美人（宣和辛丑）

去年雪满长安树，望断扬州路。

今年看雪在扬州，人在蓬莱深处、若为愁。

　　而今不恨伊相误，自恨来何暮。

　　平山堂下旧嬉游，只有舞春杨柳、似风流。

虞美人

绮窗人似莺藏柳，巧语春心透。

声声清切入人深，一夜不知两鬓、雪霜侵。

　　何时月下歌金缕，醉看行云住。

　　懒将幽恨寄瑶琴，却倩金笼鹦鹉、递芳音。

南乡子（大雪韩叔夏坐中）

梅与雪争姝，试问春风管得无。

除却个人多样态，谁如，细把冰姿比玉肤。

　　一曲倒金壶，既醉仍烦翠袖扶。

　　同向凌风台上看，何如，且与芗林作画图。

玉楼春

宛丘行□□□□之园见梅对雪。

记得江城春意动，两行疏梅龙脑冻。

佳人不用辟寒犀，踏雪穿花云鬟重。

真珠旋滴留人共，更爇沉香暖金凤。

只今梅雪可怜时，都似绿窗前日梦。

玉楼春

与何文缜、倪巨济、王元衷、苏叔党宴张子实家。侍
人贺全真妙绝一时。

云窗雾阁春风透，蝶绕蜂围花气漏。

恼人风味恰如梅，倚醉腰肢全是柳。

细传一曲情偏厚，淡扫两山缘底皱。

归时好月已沉空，只有真香犹满袖。

鹊桥仙

合酓风流，擘钗情态，压倒痴牛騃女。

今年云外果深期，想却笑、人间离苦。

萦愁叠恨，青山绿水，杳杳重重无数。

寻常犹有梦能来，到此夜、无寻梦处。

鹊桥仙（七夕）

澄江如练，远山横翠，一段风烟如画。

层楼杰阁倚晴空，疑便是、支矶石下。

宝奁琼鉴，淡匀轻扫，纤手弄妆初罢。

拟将心事问天公，与牛女、平分今夜。

鹊桥仙

飞云多态，凉飔微度，都到酒边歌处。

冰肌玉骨照人寒，更做弄、一帘风雨。

同槃风味，合欢情思，不管星娥猜妒。

桃花溪水接银河，与占断、鹊桥归路。

临江仙

绍兴庚申，老妻生日。幼女灵照生于是岁。女子亦有
弄璋之喜。

新月低垂帘额，小梅半出檐牙，高堂开燕静无哗。

麟孙凤女，学语正咿哑。

宝鼎剩熏沉水，琼彝烂醉流霞，芝林同老此生涯。

一川风露，总道是仙家。

踏莎行（政和丙申九江道中）

霭霭朝云，矜春态度，楚宫梦断寻无路。

欲将尊酒遣新愁，谁知引到愁深处。

　　不尽长江，无边细雨，只疑都把愁来做。

　　西山总不解遮栏，随春直过东湖去。

蝶恋花（和曾端伯使君用李久善韵）

推上百花如锦绣，水满池塘，更作溅溅溜。

断送风光惟有酒，苦吟不怕因诗瘦。

　　寻壑经丘长是久，晚晚归来，稚子柴门候。

　　万事付之醒梦后，眉头不为闲愁皱。

蝶恋花

　　百花洲老桂盛开，张师明、程德远携酒来醉花下，有
　　唱酬蝶恋花，亦次其韵。

岩桂秋风南埭路，墙外行人，十里香随步。

此是芗林游戏处，谁知不向根尘住。

　　今日对花非浪语，忆昨明光，早辱君王顾。

　　生怕青蝇轻点污，思鲈何似思花去。

七娘子

山围水绕高唐路，恨密云、不下阳台雨。

雾阁云窗，风亭月户，分明携手同行处。

　　而今不见生尘步，但长江、无语东流去。

　　满地落花，漫天飞絮，谁知总是离愁做。

殢人娇 <small>（钱卿席上赠侍人轻轻）</small>

白似雪花，柔于柳絮，胡蝶儿、镇长一处。

春风驶荡，蓦然吹去，得游丝、半空惹住。

　　波上精神，掌中态度，分明是、彩云团做。

　　当年飞燕，从今不数，只恐是，高唐梦中神女。

最高楼

无双亭下，琼树正花敷，玉骨莹云腴。

已知倾国无能比，除非天上有仙姝。

到扬州才见，是处俱无。

　　比碧桃、也无二朵，算丹桂、止是一株。

　　千万卉，尽花奴。

　　天教芍药来骖乘，一春桃李作先驱。

　　尽红遮绿拥驻江都。

蓦山溪 （绍兴乙卯大雪行鄱阳道中）

瑶田银海，浩色难为对。

琪树照人间，晓然是、华严境界。

万年松径，一带旧峰峦，

深掩覆，密遮藏，三昧光无碍。

　　金毛狮子，打就休惊怪。

　　片片上红炉，且不可、将情作解。

　　有无不道，泯绝去来今，

　　明即暗，暗还明，只个长不昧。

蓦山溪

　　王明之曲，芗林易置十数字歌之。

挂冠神武，来作烟波主。

千里好江山，都尽是、君恩赐与。

风勾月引，催上泛宅时 *。

酒倾玉，鲙堆雪，总道神仙侣。

　　蓑衣箬笠，更着些儿雨。

　　横笛两三声，晚云中、惊鸥来去。

　　欲烦妙手，写入散人图，

　　蜗角名，蝇头利，着甚来由顾。

　　*泛宅，辞官时赐舟也。上批云：泛宅可永充子谭乘坐。

蓦山溪

老妻生日作。十一月初七日。

一阳才动，万物生春意。

试与问官梅，到东阁、花枝第几。

疏疏淡淡，冷艳雪中明，

无俗调，有真香，正与人相倚。

非烟非雾，瑞色门阑喜。

再拜引杯长，看两颊、红潮欲起。

天教难老，风鬟绿如云，

对玉笋，与芝林，岁岁花前醉。

洞仙歌（中秋）

碧天如水，一洗秋容净。

何处飞来大明镜。

谁道斫却桂，应更光辉，

无遗照，泻出山河倒影 *。

人犹苦馀热，肺腑生尘，移我超然到三境。

问姐娥、缘底事，乃有盈亏，烦玉斧、运风重整。

教夜夜、人世十分圆，

待拚却长年，醉了还醒。

＊又云："表里山河见影"。

129

满江红

奉酬曾端伯使君，兼简赵若虚监郡。

雁阵横空，江枫战、几番风雨。

天有意、作新秋令，欲麾残暑。

篱菊岩花俱秀发，清气不断来窗户。

共欢然、一醉得黄香，仍叔度。

尊前事，尘中去；拈花问，无人语。

芟林顾灵照，笑抚庭树。

试举似虎头城太守，想应会得玄玄处。

老我来、懒更作渊明，闲情赋。

满庭芳

岩桂风韵高古，平生心醉其间。昔转漕淮南，尝手植堂下。芟林此花为多，戏作是词，当邀徐师川诸公同赋。

月窟蟠根，云岩分种，绝知不是尘凡。

琉璃剪叶，金粟缀花繁。

黄菊周旋避舍，友兰蕙、羞杀山矾。

清香远，秋风十里，鼻观已先参。

酒阑，听我语。平生半是，江北江南。

经行处、无穷绿水青山。

常被此花相恼，思共老、结屋中间。

不因尔，芗林底事，游戏到人寰。

满庭芳（岩桂，芗林改张元功所作）

瑟瑟金风，团团玉露，岩花秀发秋光。

水边一笑，十里得清香。

疑是蕊宫仙子，新妆就、娇额涂黄。

霜天晚，妖红丽紫，回首总堪伤。

　　中央，孕正色，更留明月，偏照何妨。

　　便高如兰菊，也让芬芳。

　　输与芗林居士，微吟罢、闲据胡床。

　　须知道，天教尤物，相伴老江乡。

满庭芳

　　政和癸巳滁阳作，其年京师大雪。

天字长闲，飞仙狂醉，捼云碎玉沉空。

谢家庭院，争道絮因风。

不怕寒生宝粟，深调护、犀幕重重。

瑶林里，疏梅献笑，小萼露轻红。

　　瑞龙，香绕处，云间弦管，尘外帘栊。

131

须烂醉流霞，莫诉千钟。

闻道蟠桃正好，蓬瀛路、消息潜通。

飞琼伴，偷将春色，分付入芳容。

水调歌头

大观庚寅闰八月秋，芗林老、顾子美、江彦章、蒲庭鉴，时在诸公幕府间。从游者，洪驹父、徐师川、苏伯固父子、李商老兄弟。足夕登临，赋咏乐甚。俯仰三十九年，所存者，余与彦章耳。绍兴戊辰再闰，感时抚事，为之太息。因取旧诗中师川一二语，作是词。

闰馀有何好，一年两中秋。

补天修月人去，千古想风流。

少日南昌幕下，更得洪徐苏李，快意作清游。

送日眺西岭，得月上东楼。

四十载，两人在，总白头。

谁知沧海成陆，萍迹落南州。

忍问神京何在，幸有芗林秋露，芳气袭衣裘。

断送馀生事，惟酒可忘忧。

水调歌头

　　鏖隐寄示与洛滨老人及筠翁过最乐堂醉中秋月，用鄙
　　韵，有妙唱。复赋一首，庶异时不为堂上生客耳。

我生六十四，四度闰中秋。

碧天千里如水，明月更如流。

照我洛滨诗伯，携手仙卿鏖隐，阆苑与同游。

人醉玉相倚，不肯下琼楼。

　　艻林老，章江上，几回头。

　　剩欲控鹤瀛海，聊下越王州。

　　直入白云深处，细酌仙人九酝，香雾尽侵裘。

　　共看一笑粲，以写我心忧。

水调歌头（再用前韵答任令尹）

飘飘任公子，爽气欲横秋。

向日携诗过我，知不是凡流。

筑室清江西畔，巧占一川佳处，胜士日追游。

邀我出门去，柱月上新楼。

　　烂银盘，从树杪，出云头。

　　好是风流从事，同醉入青州。

　　须信人生如幻，七十古来稀有，销得几狐裘。

　　谁似艻林老，无喜亦无忧。

水调歌头（赵伯山席上见梅）

天公深藏巧，雪里放春回。

不到闲花凡草，都付与疏梅。

独立水边林下，萧萧冰容孤艳，清瘦玉腰支。

触拨暗香动，风味欲愁谁。

　　姮娥携，青女过，夜阑时。

　　瑶冠琼佩，粲然一笑亦何奇。

　　剩欲举觞对饮，不怕月明霜重，寒色着人衣。

　　只恐邻笛起，化作玉尘飞。

水龙吟（绍兴甲子上元有怀京师）

华灯明月光中，绮罗弦管春风路。

龙如骏马，车如流水，软红成雾。

太一池边，葆真宫里，玉楼珠树。

见飞琼伴侣，霓裳缥缈，星回眼、莲承步。

　　笑入彩云深处，更冥冥、一帘花雨。

　　金钿半落，宝钗斜坠，乘鸾归去。

　　醉失桃源，梦回蓬岛，满身风露。

　　到而今江上，愁山万叠，鬓丝千缕。

水龙吟

甲子季冬丁亥，冒雪与晁叔异、刘子驹兄弟，皆北客，
同上雪台，登连辉观。梁使君遣酒，仍与北梨俱醉芗
林堂上，相与联句云：西北通无路，东南偶共期，穿
林行岛路，踏雪嚼鹅梨。吴大年方病起，不能同此乐。
得大年水龙吟词，过之。夜归，月色如昼，亦赋一首。

梦回寒入衾裯，晓惊忽堕瑶林里。

穿帷透隙，落花飞絮，难穷巧思。

着帽披裘，挈壶呼友，倚空临水。

望琼田不尽，银涛无际，浮皓色、来天地。

　　遥想吴郎病起，政冷窗、微吟拥鼻。

　　持笺赠我，新词绝唱，珠零玉碎。

　　馀兴追游，清芬坐对，高谈倾耳。

　　晚归来，风扫停云，万里月华如洗。

八声甘州（中秋前数夕，久雨方晴）

恨中秋、多雨及晴景，追赏且探先。

纵玉钩初上，冰轮未正，无奈婵娟。

饮客不来自酌，对影亦清妍。

任笑芗林老，雪鬓霜髯。

好在章江西畔。有凌云玉笥，空翠相连。

懒崎岖林麓，则窈窕溪边。

自断此生休问，愿瓮中、长有酒如泉。

人间是，更谁得似，月下尊前。

八声甘州（丙寅中秋对月）

扫长空、万里静无云。飞镜上天东。

欲骑鲸与问，一株丹桂，几度秋风。

取水珠宫贝阙，聊为洗尘容。

莫放素娥去，清影方中。

玄魄犹馀半壁，便笙篁万籁，尊俎千峰。

况十分端正，更鼓舞衰翁。

恨人生、时乎不再，未转头、欢事已沉空。

多酌我，岁华好处，浩意无穷。

梅花引（戏代李师明作）

花如颊，梅如叶，小时笑弄阶前月。

最盈盈，最惺惺，闲愁未识、无计定深情。

十年空省春风面，花落花开不相见。

要相逢，得相逢，须信灵犀，中自有心通。

同杯勺，同斟酌，千愁一醉都推却。

花阴边，柳阴边，几回拟待、偷怜不成怜。

伤春玉瘦慵梳掠，抛掷琵琶闲处着。

莫猜疑，莫嫌迟，鸳鸯翡翠，终是一双飞。

蔡伸词全集

蔡伸（1088—1156）

是向子谌的词友和同僚，词风俊爽，颇近东坡、方回。他字伸道，自号友古居士，莆田（属福建）人，宋代大书法家蔡襄之孙，政和五年（1115）进士，官至中左大夫。他生当北宋南宋之交，经历世变，词中多酸苦的情味。如长调《苏武慢》，述情真切，铺述委婉，上片"青山隐隐，败叶萧萧"，煞是一片凄凉；下片"忆旧游"，思故人，由凄凉变为缠绵，更转入悲怆；结尾"尽迟留，凭仗西风，吹干泪眼"，可见其独立之久，孤寂之甚，竟靠西风来吹干眼泪，这是何等凄楚!《苍梧谣》全篇仅十六个字："天! 休使圆蟾照客眠。人何在? 桂影自婵娟。"满腔悲怨，无处发泄，只好诉之于天。《念奴娇》《满庭芳》等长调，也都脍炙人口。可见其词无论是长是短，各种体裁，都能运用自如，表现出独特的风格。

目　录

苍梧谣

天！休使圆蟾照客眠。

人何在？桂影自婵娟。

忆王孙

凉生冰簟怯衣单，明月楼高空画栏。

满院啼蛩人未眠。

掩重关，乌鹊南飞风露寒。

如梦令

人静重门深亚，朱阁画帘高挂。

人与月俱圆，月色波光相射。

潇洒，潇洒，人月长长今夜。

如梦令

今夜行云何处，还是月华当午。

倚遍曲阑桥，望断锦屏归路。

空去，空去，梦到绿窗朱户。

长相思

我心坚，你心坚，各自心坚石也穿。
谁言相见难。
　　小窗前，月婵娟，玉困花柔并枕眠。
　　今宵人月圆。

长相思

锦衾香，玉枕双，昨夜深深小洞房。
回头已断肠。
　　背兰缸，梦仙乡，风撼梧桐雨洒窗。
　　今宵好夜长。

长相思

村姑儿，红袖衣，初发黄梅插稻时。
双双女伴随。
　　长歌诗，短歌诗，歌里真情恨别离。
　　休言伊不知。

西楼子

楼前流水悠悠，驻行舟。

满目寒云衰草、使人愁。

多少恨，多少泪，谩迟留。

何似蓦然拚舍、去来休。

西楼子

红靴玉带葳蕤，翠绡衣。

并辔垂鞭妆影、照清溪。

长亭路，停骑处，晚凉时。

空有许多明月、伴双栖。

生查子

画堂初见伊，明月当窗满。

今夜月如眉，话别河桥畔。

重见约中秋，莫负于飞愿。

免使月圆时，两处空肠断。

146

生查子

霜寒月满窗，夜永人无寐。

绛蜡有馀情，偏照鸳鸯被。

　　看尽旧时书，洒尽今生泪。

　　衙鼓已三更，还是和衣睡。

生查子

金壶插玉芝，人面交相照。

花影满方床，翠叠屏山杳。

　　风月亦多情，特地今宵好。

　　尽道夜初长，弹指东窗晓。

生查子

几番花信风，数点笼丝雨。

并辔踏香尘，选胜东郊路。

　　韶华转首空，谁解留春住。

　　幸到绿尊前，且作莺花主。

生查子

银釭委坠红，碧锁朦胧晓。

别泪洒金徽，一曲情多少。

　　邮亭今夜长，明月香帏悄。

　　纵使梦相逢，何处寻蓬岛。

昭君怨

一曲云和松响，多少离愁心上。

寂寞掩屏帷，泪沾衣。

　　最是销魂处，夜夜绮窗风雨。

　　风雨伴愁眠，夜如年。

点绛唇（登历阳连云观）

水绕孤城，乱山深锁横江路。

帆归别浦，苒苒兰皋暮。

　　人在天涯，雁背南云去。

　　空凝伫，凤楼何处，烟霭迷津渡。

点绛唇（和安行老韵）

香雪飘零，暖风着柳笼丝雨。

恼人情绪，春事还如许。

　　宝勒朱轮，共结寻芳侣。

　　东郊路，乱红深处，醉拍黄金缕。

点绛唇

背壁灯残，卧听檐雨难成寐。

井梧飘坠，历历蛩声细。

　　数尽更筹，滴尽罗巾泪。

　　如何睡，甫能得睡，梦到相思地。

点绛唇

月缺花残，世间乐事难双美。

夜来相对，把酒弹清泪。

　　一点情钟，销尽英雄气。

　　樊笼外，五湖烟水，好作扁舟计。

点绛唇

玉笋持杯，敛红颦翠歌金缕。

彩鸳戢羽，未免群鸡妒。

   我为情多，愁听多情语。

   君休诉，两心坚固，云里千条路。

点绛唇

人面桃花，去年今日津亭见。

瑶琴锦荐，一弄清商怨。

   今日重来，不见如花面。

   空肠断，乱红千片，流水天涯远。

点绛唇（丙寅）

梅雨初晴，画栏开遍忘忧草。

兰堂清窈，高柳新蝉噪。

   枕上芙蓉，如梦还惊觉。

   匀妆了，背人微笑，风入玲珑罩。

点绛唇

帐外华灯，翠屏花影参差满。

锦衣香暖，苦恨春宵短。

　　画角声中，云雨还轻散。

　　河桥畔，月华如练，回首成肠断。

点绛唇

绿萼冰花，数枝清影横疏牖。

玉肌清瘦，夜久轻寒透。

　　忍使孤芳，攀折他人手。

　　人归后，断肠回首，只有香盈袖。

点绛唇（送常守陈正同应之还朝）

解绂朝天，满城桃李繁阴布。

彩舟难驻，忍听骊歌举。

　　协赞中兴，圣意方倾注。

　　从今去，五云深处，稳步沙堤路。

点绛唇

云雨匆匆，洞房当日曾相遇。

暂来还去，无计留春住。

　　宝瑟重调，静听鸾弦语。

　　休轻负，绮窗朱户，好做风光主。

浣溪沙（壬寅五月西湖）

双佩雷文拂手香，青纱衫子淡梳妆。

冰姿绰约自生凉。

　　虚掉玉钗惊翡翠，缓移兰棹趁鸳鸯。

　　鬌鬖风乱绿云长。

浣溪沙

玉趾弯弯一折弓，秋波剪碧滟双瞳。

浅颦轻笑意无穷。

　　夜静拥炉熏督耨，月明飞棹采芙蓉。

　　别来欢事少人同。

浣溪沙（仙潭二首）

蘋末风轻入夜凉，飞桥画阁跨方塘。
月移花影上回廊。
　　粲枕随钗云鬓乱，红绵扑粉玉肌香。
　　起来携手看鸳鸯。

其二

窗外疏篁对节金，画桥新绿一篙深。
沉沉清夜对横参。
　　酒晕半消红玉脸，云鬟轻制小犀簪。
　　梦回陈迹杳难寻。

浣溪沙（昆山月华阁）

沙上寒鸥接翼飞，潮生潮落水东西。
征船鸣橹趁潮归。
　　望断碧云无锦字，谩题红叶有新诗。
　　黄昏微雨倚阑时。

浣溪沙

漠漠新田绿未齐，柳阴阴下水平堤。
竹间时有乳鸦啼。

云敛屏山横枕畔，夜阑璧月转林西。
玉芝香里彩鸳栖。

浣溪沙

紫燕双双掠水飞，廉纤小雨未成泥。
篱边开尽野蔷薇。

会少离多终有恨，暂来还去益堪悲。
后期重约采莲时。

浣溪沙

窄窄霜绡稳称身，强临歌酒惨离魂。
故人相遇益伤神。

断雨残云千里隔，琼枝璧月四时新。
为君留取镜中春。

浣溪沙

且斗尊前见在身，昔游如梦可销魂。

玉容依约旧精神。

　　千里重来人事改，一杯相属意还新。

　　韶华不减洞中春。

浣溪沙（赋向伯恭芗林木犀二首）

木似文犀感月华，寸根移种自仙家。

春兰秋菊浪矜夸。

　　玉露初零秋夜永，幽香直入小窗纱。

　　此时风月独输他。

其二

叶剪玻璃蕊糁金，清香端不数琼沉。

独将高韵冠芗林。

　　千里江山新梦后，一天风露小庭深。

　　主人归兴已骎骎 *。

　　* 伯恭时守平江府，署中亦有木犀，开时大起归兴，

　　余故有后词末韵。不数月，得请，归芗林旧隐。

浣溪沙

浅褐衫儿寿带藤，碾花如意枕冠轻。

凤鞋弓小称娉婷。

　　约略梳妆随事好，出尘标韵出尘清。

　　一枝梅映玉壶冰。

浣溪沙

窗外桃花烂熳开，年时曾伴玉人来。

一枝斜插凤凰钗。

　　今日重来人事改，花前无语独徘徊。

　　凄凉怀抱可怜哉。

愁倚阑

伤春晚，送春归，步云溪。

绿叶同心双小字，记曾题。

　　楼外红日平西，长亭路、烟草凄凄。

　　云雨不成新梦后，倚阑时。

愁倚阑

天如水，月如钩，正新秋。

月影参差人窈窕，小红楼。

　　如今往事悠悠，楼前水、肠断东流。

　　旧物忍看金约腕，玉搔头。

愁倚阑

一番雨，一番凉，夜初长。

满院蛩吟人不寝，月侵廊。

　　木犀微绽幽芳，西风透、窈窕红窗。

　　恰似个人鸳被里，玉肌香。

春光好

鸾屏掩，翠衾香，小兰房。

回首当时云雨梦，两难忘。

　　如今水远山长，凭鳞翼、难叙衷肠。

　　况是教人无可恨，一味思量。

菩萨蛮（沐发）

鸳鸯枕上云堆绿，兰膏微润知新沐。
开帐对华灯，见郎双眼明。

　　锦衾香馥郁，槛竹敲寒玉。
　　何物最无情，晓鸡咿喔声。

菩萨蛮

杏花零落清明雨，卷帘双燕来还去。
枕上玉芙蓉，暖香堆锦红。

　　翠翘金钿雀，蝉鬓慵梳掠。
　　心事一春闲，黛眉颦远山。

菩萨蛮

飞英不向枝头住，等闲又送春归去。
云幄翠阴浮，长随日脚流。

　　玉箫吹凤怨，惊起楼中燕。
　　飞去自双双，恼人空断肠。

菩萨蛮（广陵盛事）

水光山影浮空碧，柳丝摇曳春无力。
柳岸系行舟，吹箫忆旧游。

旧游堪更忆，望断迷南北。
千古恨悠悠，长江空自流。

菩萨蛮

当时携手今千里，可堪重到相逢地。
触目尽关心，流莺尚好音。

无人知我意，只有涓涓泪。
寂寞到斜阳，罗衣浥旧香。

菩萨蛮

鸣笳叠鼓催双桨，扁舟稳泛桃花浪。
别泪洒东风，前欢如梦中。

梦魂无定据，不到相逢处。
纵使梦相逢，香闺岂解同。

菩萨蛮

金铺半掩银蟾满，个人应恨归来晚。
轧轧橹声迟，那知心已飞。
    迎门一笑粲，娇困横波慢。
    偎倚绿窗前，今宵人月圆。

菩萨蛮

双双紫燕来华屋，雨馀芳草池塘绿。
一夜摆花风，莺花满树红。
    杯深君莫诉，醉袖歌金缕。
    无奈惜花心，老来情转深。

菩萨蛮

朝来一阵狂风雨，春光已作堂堂去。
茂绿满繁枝，青梅结子时。
    攀枝惊晼晚，乐事孤心眼。
    正是惜春归，那堪怨别离。

菩萨蛮

凝羞隔水抛红豆，嫩桃如脸腰如柳。

心事暗相期，阳台云雨迷。

　　玉楼花似雪，花上朦胧月。

　　挥泪执柔荑，匆匆话别时。

菩萨蛮

花冠鼓翼东方动，兰闺惊破辽阳梦。

翠被小屏山，晓窗灯影残。

　　并头双燕语，似诉横塘雨。

　　风雨晓寒多，征人可奈何。

卜算子

风雨送春归，寂寞花空委。

枝上红稀地上多，万点随流水。

　　翠黛敛春愁，照影临清沚。

　　应念韶华惜弱颜，洒遍胭脂泪。

卜算子

小阁枕清流，一霎莲塘雨。
风递幽香入槛来，枕簟全无暑。
　　遐想似花人，阅岁音尘阻。
　　物是人非空断肠，梦入芳洲路。

卜算子（题扇）

玉斧斫冰轮，中有乘鸾女。
鬓乱钗横襟袖凉，只恐轻飞举。
　　青冥缥缈间，自有吹箫侣。
　　不向巫山十二峰，朝暮为云雨。

卜算子

前度月圆时，月下相携手。
今夜天边月又圆，夜色如清昼。
　　风月浑依旧，水馆空回首。
　　明夜归来试问伊，曾解思量否。

卜算子

重重雪外山，渺渺烟中路。

路转山横无尽愁，正是分携处。

望极锦中书，肠断鱼中素。

锦素沉沉两未期，鱼雁空相误。

卜算子

春事付莺花，曾是莺花主。

醉拍春衫金缕衣，只向花间住。

密意君听取，莫逐风来去。

若是真心待于飞，云里千条路。

减字木兰花

癸亥元日，秀守刘卿任有词。时余适至秀，因用其韵
二首，时初用乐。

彤庭龙尾，礼备天颜知有喜。

九奏初传，耳冷人间十七年。

盈成持守，仁德如春渐九有。

三辅名州，好整笙歌结胜游。

减字木兰花

船回沙尾，几误红窗听鹊喜。
尺素空传，转首相逢又隔年。

　　寒灯独守，玉笋持杯宁复有。
　　秀水南州，徒使幽人作梦游。

减字木兰花

多情多病，玉貌瘦来愁览镜。
门掩东风，零落桃花满地红。

　　重帘不卷，愁睹杏梁双语燕。
　　强拂瑶琴，一曲幽兰泪满襟。

减字木兰花（庚申七夕）

金风玉露，喜鹊桥成牛女渡。
天宇沉沉，一夕佳期两意深。

　　琼签报曙，忍使飙轮容易去。
　　明日如今，想见君心似我心。

减字木兰花

锦屏人醉，玉暖香融春有味。

今日兰舟，魂梦还随绿水流。

　　高城望断，无奈城中人不见。

　　斜倚妆楼，恨入眉峰两点愁。

诉衷情

亭亭秋水玉芙蓉，天际水浮空。

碧云望中空暮，人在广寒宫。

　　双缕枕，曲屏风，小房栊。

　　可怜今夜，明月清风，无计君同。

采桑子

　　孙仲益集于西斋，题侍儿作第一流，因以词谢之。

奇花不比寻常艳，独步南州。

往事悠悠，辽鹤重来忆梦游。

　　仙翁不改青青眼，一醉迟留。

　　妙墨银钩，题作人间第一流。

谒金门

溪声咽，溪上有人离别。
别语叮咛和泪说，罗巾沾泪血。

尽做刚肠如铁，到此也应愁绝。
回首断山帆影灭，画船空载月。

谒金门

相思切，触目只供愁绝。
好梦惊回清漏咽，烛残香穗结。

长恨南楼明月，只解照人离缺。
同倚朱栏飞大白，今宵风月别。

好事近

花露滴香红，花底漏声初歇。
人似一枝梅瘦，照冰壶清彻。

翠蛾云鬓为谁容，蚕丝宝奁结。
可惜一春憔悴，负满怀风月。

好事近

十幅健帆风，天意巧催行客。
极日五湖云浪，泛满空秋色。
　　玉人应怪误佳期，凝恨正脉脉。
　　锦鳞为传尺素，报兰舟消息。

忆秦娥（西湖）

湖光碧，春花秋月无今昔。
无今昔，十年往事，尽成陈迹。
　　玉箫声断云屏隔，山遥水远长相忆。
　　长相忆，一生怀抱，为君牵役。

忆秦娥

花阴月，兰堂夜宴神仙客。
神仙客，江梅标韵，海棠颜色。
　　良辰佳会诚难得，花前一醉君休惜。
　　君休惜，楚台云雨，今夕何夕。

清平乐

彩舟双橹，六月临平路。
小雨轻风消晚暑，绕岸荷花无数。
　　玉人璨枕方床，遥知待月西厢。
　　昨夜有情风月，今宵特地凄凉。

清平乐

南窗月满，绣被堆香暖。
苦恨春宵更漏短，应讶郎归又晚。
　　征帆初落桥边，迎门一笑嫣然。
　　今夜流霞共酌，何妨金盏垂莲。

清平乐

明眸秀色，肌理凝香雪。
罗绮丛中标韵别，捧酒歌声清越。
　　不辞醉脸潮红，却愁归骑匆匆。
　　回首绿窗朱户，断肠明月清风。

西地锦

寂寞悲秋怀抱，掩重门悄悄。

清风皓月，朱阑画阁，双鸳池沼。

　　不忍今宵重到，惹离愁多少。

　　蓬山路杳，蓝桥信阻，黄花空老。

上阳春（柳）

好在章台杨柳，不禁春瘦。

淡烟微雨麹尘丝，锁一点、眉头皱。

　　忆自灞陵别后，青青依旧。

　　万丝千缕太多情，忍攀折、行人手。

阮郎归

烟笼寒水暝禽栖，满庭红叶飞。

兰堂寂寂画帘垂，霜浓更漏迟。

　　鸳被冷，麝香微，强欹单枕时。

　　西窗看尽月痕移，此情君怎知。

朝中措

章台杨柳月依依，飞絮送春归。
院宇日长人静，园林绿暗红稀。

　　庭前花谢了，行云散后，物是人非。
　　唯有一襟清泪，凭阑洒遍残枝。

朝中措

雨馀清镜湛秋容，屏展九华峰。
万里闲云散尽，半规凉月当空。

　　楼高夜永，凭阑笑语，此际谁同。
　　端有妙人携手，翛然归路凌风。

柳梢青

数声鶗鴂，可怜又是，春归时节。
满院东风，海棠铺绣，梨花飘雪。

　　丁香露泣残枝，算未比、愁肠寸结。
　　自是休文，多情多感，不干风月。

柳梢青

子规啼月，幽衾梦断，销魂时节。
枕上斑斑，枝头点点，染成清血。
　　凄凉断雨残云，算此恨、文君更切。
　　老去情怀，春来况味，那禁离别。

柳梢青

联璧寻春，踏青尚忆，年时携手。
此际重来，可怜还是，年时时候。
　　阴阴柳下人家，□人面、桃花似旧。
　　但愿年年，春风有信，人心长久。

极相思

碧檐鸣玉玎珰，金锁小兰房。
楼高夜永，飞霜满院，璧月沉缸。
　　云雨不成巫峡梦，望仙乡、烟水茫茫。
　　风前月底，登高念远，无限凄凉。

极相思

相思情味堪伤，谁与话衷肠。
明朝见也，桃花人面，碧藓回廊。
　　别后相逢唯有梦，梦回时、展转思量。
　　不如早睡，今宵魂梦，先到伊行。

归田乐

风生蘋末莲香细，新浴晚凉天气。
犹自倚朱阑，波面双双彩鸳戏。
　　鸾钗委坠云堆髻，谁会此时情意。
　　冰簟玉琴横，还是月明人千里。

西江月

翡翠蒙金衫子，镂尘如意冠儿。
持杯轻按遏云词，别是出尘风味。
　　莫羡双星旧约，愿谐明月佳期。
　　凭肩密语两心知，一棹五湖烟水。

南歌子

萧寺疏钟断，虚堂夜气清。

凉蟾偏向小窗明，露井碧梧寒叶、颤秋声。

　　幽恨人谁问，孤衾泪独横。

　　此时风月此时情，拟倩蓝桥归梦、见云英。

南歌子

远水澄明绿，孤云暗淡愁。

白蘋红蓼满汀洲，肠断圆蟾空照、木兰舟。

　　节物伤羁旅，归程叹滞留。

　　佳期已误小红楼，赖得今年犹有、闰中秋。

南歌子

恨入眉峰翠，寒生酒晕红。

临期凝泪洒西风，须信世间无物、似情浓。

　　玉蹬敲霜月，金钲伴晓钟。

　　凄凉古驿乱山重，今夜拥衾无寐、与君同。

浪淘沙

楼下水潺潺，楼外屏山。

淡烟笼月晚凉天。

曾共玉人携素手，同倚阑干。

　　云散梦难圆，幽恨绵绵。

　　旧游重到忍重看。

　　负你一生多少泪，月下花前。

望江南（感事）

花落尽，寂寞委残红。

蝶帐梦回空晓月，凤楼人去谩东风。

春事已成空。

　　闲伫立，□□水溶溶。

　　云锁乱山横惨淡，烟笼绿树晚溟蒙。

　　却在泪痕中。

鹧鸪天

　　客有作北里选胜图，冠以曲子名，东风第一枝，衰然居首，因作此词。

脉脉柔情不自持，浅颦轻笑百般宜。

尊前唱歇黄金缕，一点春愁入翠眉。

　　流蕙盼，捧瑶卮，借君歌扇写新诗。

　　浮花谩说惊郎目，不似东风第一枝。

虞美人

瑶琴一弄清商怨，楼外桐阴转。

月华澄淡露华浓，寂寞小池烟水、冷芙蓉。

　　攀花撷翠当时事，绿叶同心字。

　　有情还解忆人无，过尽寒沙新雁、甚无书。

虞美人

飞梁石径关山路，惨淡秋容暮。

一行新雁破寒空，肠断碧云千里、水溶溶。

　　鸳衾欲展准堪共，帘幕霜华重。

　　鸭炉香尽锦屏中，幽梦今宵何许、与君同。

虞美人

红尘匹马长安道，人与花俱老。

缓垂鞭袖过平康，散尽高阳、零落少年场。

朱弦重理相思调，无奈知音少。

十年如梦尽堪伤，乐事如今、回首做凄凉。

虞美人（甲辰入燕）

彩旗摇曳樯乌转，鹢首征帆展。

高城楼观暮云平，叠鼓凝笳都在、断肠声。

绿窗朱户空回首，明月还依旧。

乱山无数水茫茫，谁念塞垣风物、煞恓惶。

虞美人

堆琼滴露冰壶莹，楼外天如镜。

水晶双枕衬云鬟，卧看千山明月、听潺湲。

渡江桃叶分飞后，马上犹回首。

邮亭今夜月空圆，不似当时携手、对婵娟。

虞美人

碧溪曾寄流红字，忍话当时事。

重来种种尽堪悲，有酒盈杯、聊为故人持。

夜闲剪烛西窗语，怀抱今如许。

尊前莫讶两依依，绿鬓朱颜、不似少年时。

虞美人

鸾屏绣被香云拥，平帖幽闺梦。

觉来重试古龙涎，深炷玉炉、烧气不烧烟。

　　匆匆人去三更也，月到回廊下。

　　出门无语送郎时，泪共一天风露、湿罗衣。

南乡子

天外雨初收，风紧云轻已变秋。

邂逅故人同一笑，迟留，聚散人生宜自谋。

　　去路指南州，万顷云涛一叶舟。

　　莫话太湖波浪险，归休，人在溪边正倚楼。

南乡子

　　宣和壬寅，予与向伯恭俱为大漕属官，向有词云："凭书续断肠。"因为此词。

木落雁南翔，锦鲤殷勤为渡江。

泪墨银钩相忆字，成行，滴损云笺小凤皇。

　　陈事费思量，回首烟波卷夕阳。

　　尽道凭书聊破恨，难忘，及至书来更断肠。

玉楼春

碧桃溪上蓝桥路，寂寞朱门闲院宇。

粉墙疏竹弄清蟾，玉砌红蕉宜夜雨。

个中人是吹箫侣，花底深盟曾共语。

人生乐在两知心，此意此生君记取。

玉楼春

星河风露经年别，月照离亭花似雪。

宝钗鸾镜会重逢，花里同眠今夜月。

月花依旧当时节，细把离肠和泪说。

人生只合镇长圆，休似月圆圆又缺。

醉落魄

波纹如縠，池塘雨后添新绿。

海棠初绽红生肉。

双燕归来，还认旧巢宿。

凝情凭暖阑干曲，新愁无限伤心目。

谁人月下吹横玉。

惊起鸳鸯，飞去自相逐。

醉落魄

霜华摇落，亭亭皓月侵朱箔。

梦回敧枕听残角。

一片寒声，风送入寥廓。

眼前风月都如昨，独眠无奈情怀恶。

凭肩携手于飞约。

料想人人，终是赋情薄。

醉落魄

明眸秀色，双蛾巧画春山碧。

盈盈标韵倾瑶席。

一见尊前，宛是旧相识。

深期密语虽端的，良宵无奈成轻掷。

忍教只恁空相忆。

得入手来，无限好则剧。

醉落魄

阳关声咽，清歌响断云屏隔。

溪山依旧连空碧。

昨日主人，今日是行客。

绿窗朱户应如昔，回头往事成陈迹。

后期总便无端的。

月下风前，应也解相忆。

小重山 （吴松浮天阁送别）

楼外江山展翠屏。

沉沉虹影畔，彩舟横。

一尊别酒为君倾。

留不住，风色太无情。

斜日半山明。

画栏重倚处，独销凝。

片帆回首在青冥。

人不见，千里暮云平。

小重山

澹澹秋容烟水寒。

楼高清夜永，倚阑干。

玉人不见坐长叹。

箫声远，明月满空山。

遐想绿云鬟。

青冥风露冷，独乘鸾。

别时容易见时难。

凭孤枕，聊复梦婵娟。

小重山

宣和甲辰，余自彭城倅沿檄燕山，取道莫间。见所谓陈懿者於州治之筹边阁，诚不负所闻。明年归，则陈已入道矣。崔守呼之至，即席赠此。

流水桃花小洞天。

壶中春不老，胜尘寰。

霞衣鹤氅并桃冠。

新装好，风韵愈飘然。

　　功行满三千。

　　婴儿并姹女，炼成丹。

　　刘郎曾约共升仙。

　　十个月，养个小金坛。

小重山

楼上风高翠袖寒。

碧云笼淡日，照阑干。

绿杨芳草恨绵绵。

长亭路，何处认征鞍。

晓镜懒重看。

鬟云堆凤髻，任阑珊。

鸳衾鸳枕小屏山。

人如玉，忍负一春闲。

踏莎行

珮解江皋，魂消南浦，人生惟有别离苦。

别时容易见时难，算来却是无情语 *。

　　百计留君，留君不住，留君不住君须去。

　　望君频向梦中来，免教肠断巫山雨。

　　* 尽载席上语。

踏莎行

　　泰妓胡芳来常隶籍，以其端严如木偶，人因目之为佛，

　　乃作是云。

如是我闻，金仙出世，一超直入如来地。

慈悲方便济群生，端严妙相谁能比。

　　四众归依，悉皆欢喜，有情同赴龙华会。

　　无忧帐里结良缘，摩诃修哩修修哩。

踏莎行

客里光阴，伤离情味，玉觞未举心先醉。
临歧莫怪苦留连，樯乌转处人千里。

　　恨写新声，云笺密寄，短封难尽心中事。
　　凭君看取纸痕斑，分明总是离人泪。

踏莎行（题团扇）

落日归云，寒空断雁，吴波浅淡山平远。
丹青写出在霜缣，佳人特地裁团扇。

　　渔艇孤烟，酒旗幽院，些儿景趣君休羡。
　　五湖归去共扁舟，何如早早酬深愿。

踏莎行

水满青钱，烟滋翠葆，残英满地无人扫。
先来羁思乱如云，无端更被春醒恼。

　　叠叠遥山，绵绵远道，凭阑满目唯芳草。
　　莫惊青鬓点秋霜，卢郎已分愁中老。

踏莎行（赠光严道人）

玉质孤高，天姿明慧，了无一点尘凡气。
白莲空殿锁幽芳，亭亭独占秋光里。

一切见闻，不可思议，我今有分亲瞻礼。
愿垂方便济众生，他时同赴龙华会。

临江仙

繁杏枝头蜂蝶乱，香风阁坐微闻。
靓妆浓艳任东君。
无情风雨，春事已平分。

珍重主人留客意，夜阑秉烛开尊。
何须歌韵遏行云。
羽觞交劝，挥麈细论文。

临江仙

昨夜中秋今夕望，十分桂影团圆。
玉人相对绿尊前。
素娥有恨，应是妒婵娟。

人静小庭风露冷，歌声特地清圆。

醉红醺脸鬓鬟偏。

翠裙轻皱，端的为留仙。

临江仙

帘幕深深清昼永，玉人不耐春寒。

镂牙棋子缕金圆。

象盘雅戏，相对小窗前。

　　隔打直行尖曲路，教人费尽机关。

　　局中胜负定谁偏。

　　饶伊使幸，毕竟我赢先。

临江仙

仙品不同桃李艳，移来月窟云乡。

幽姿绰约道家妆。

绿云堆髻，娇额半涂黄。

　　可但乍凉风月下，饶伊独占秋光。

　　雨中别有恼人香。

　　错教萧史，肠断忆巫阳。

临江仙

琪树弯楼花露重，依稀兰洞风光。

玉人相对自生凉。

翠鬟琼佩，绰约蕊珠妆。

　　宝瑟声沉清梦觉，夜阑明月幽窗。

　　可堪襟袂惹馀香。

　　断云残雨，何处认高唐。

临江仙（中秋和沈文伯）

记得南楼三五夜，曾听凤管昭华。

尊前此际重兴嗟。

素娥端有恨，烟霭等闲遮。

　　珍重主人留客意，厌厌缓引流霞。

　　夜闲银汉淡天涯。

　　亭亭丹桂现，耿耿玉绳斜。

临江仙（藏春石）

青润奇峰名韫玉，温其质并琼瑶。

中分瀑布泻云涛。

双峦呈翠色，气象两相高。

珍重幽人诚好事，绿窗聊助风骚。

寄言俗客莫相嘲。

物轻人意重，千里赠鹅毛。

七娘子

天涯触目伤离绪，登临况值秋光暮。

手捻黄花。凭谁分付，雠雠雁落蒹葭浦。

凭高目断桃溪路，屏山楼外青无数。

绿水红桥，锁窗朱户，如今总是销魂处。

定风波

一曲骊歌酒一钟，可怜分袂太匆匆。

百计留君留不住，君去，满川烟暝满帆风。

目断魂销人不见，但见，青山隐隐水浮空。

拟把一襟相忆泪，试口，云笺密洒付飞鸿。

定风波（丙寅四月吴门西楼之集）

老去情钟不自持，簪花酌酒送春归。

玉貌冰姿人窈窕，一笑，清狂岂减少年时。

187

欲上香车俱脉脉，半帘花影月平西。

待得酒醒人已去，凝伫，断云残雨尽堪悲。

一剪梅

堆枕乌云堕翠翘。

午梦惊回，满眼春娇，嬛缳一袅楚宫腰。

那更春来，玉减香消。

　　柳下朱门傍小桥，

　　几度红窗，误认鸣镳，断畅风月可怜宵。

　　忍使恹恹，两处无聊。

一剪梅

高宴华堂夜向阑。

急管飞霜，羯鼓声干，仙人掌上水晶盘。

回按凌波，舞袖弓弯。

　　曲罢凝娇整翠鬟。

　　玉笋持杯，巧笑嫣然，为君一醉倒金船。

　　只恐醒来，人隔云山。

一剪梅（甲辰除夜）

夜永虚堂烛影寒。

半转春来，又是明年，异乡怀抱只凄然。

尊酒相逢且自宽。

　　天际孤云云外山。

　　梦绕觚稜，日下长安，功名已觉负初心。

　　羞对菱花，绿鬓成斑。

侍香金童

宝马行春，缓辔随油壁。

念一瞬、韶光堪重惜。

还是去年同醉日，客里情怀，倍添凄恻。

　　记南城、锦径名园曾遍历，更柳下、人家似织。

　　此际凭阑愁脉脉，满目江山，暮云空碧。

行香子

珠露初零，天宇澄明。

正闲阶、皎月亭亭，更阑人静，烟敛风清。

更井边桐，一叶叶，做秋声。

　　斗帐鸾屏，翠被华裀。

梦回时、酒力初醒，绿云堆枕，红玉生春。

且打叠起，龙牙簟，竹夫人。

渔家傲

烟锁池塘秋欲暮。

细细前香，直到双栖处。

并枕东窗听夜雨。

偎金缕，云深不见来时路。

晓色朦胧人去住。

香覆重帘，密密闻私语。

目断征帆归别浦。

空凝伫，苔痕绿印金莲步。

青玉案（和贺方回韵）

参差弱柳长堤路，柳外征帆去。

皓齿明眸娇态度。

回头一梦，断肠千里，不到相逢地。

来时约略春将暮，幽恨空馀锦中句。

小院重门深几许。

桃花依旧，出墙临水，乱落如红雨。

青玉案

鸾凰本是和鸣友，奈无计、长相守。

云雨匆匆分袂后。

彩舟东去，橹声呕轧，目断长堤柳。

　　涓涓清泪轻绡透，残粉馀香尚依旧。

　　独上南楼空回首。

　　夜来明月，怎知今夜，少个人携手。

感皇恩

酒晕衬横波，玉肌香透，轻袅腰肢妒垂柳。

臂宽金钏，且是不干春瘦。

捻金双合字，无心绣。

　　鬘云半堕，金钗欲溜，罗袂残香忍重嗅。

　　渡江桃叶，肠断为谁招手。

　　倚阑凝望久，眉空斗。

其二

膏雨晓来晴，海棠红透，碧草池塘袅金柳。

王孙何在，不念玉容消瘦。

日长深院静，帘垂绣。

璨枕堕钗，粉痕轻溜，玉鼎龙涎记同嗅。

钿筝重理，心事谩凭纤手。

素弦弹不尽，眉峰斗。

江城子（秋夜观牛女星作）

碧厨文簟小窗前，乍更阑，□□□。

乌鹊南飞，秋意渐凄然。

满院蛩吟风露下，人窈窕，月婵娟。

双星旧约又经年，信谁传，恨绵绵。

□隔明河，长作断肠仙。

争似秦楼萧史伴，瑶台路，共乘鸾。

惜奴娇

隔阔多时，算彼此、难存济。

咫尺地、千山万水。

眼眼相看，要说话、都无计。

只是，唱曲儿、词中认意。

雪意垂垂，更刮地、寒风起。

怎禁这几夜意。

未散痴心，便指望、长偎倚。

只替，那火桶儿、与奴暖被。

婆罗门引（再游仙潭薛氏园亭）

素秋向晚，岁华分付木芙蓉。

萧萧红蓼西风。

记得当时撷翠，拥手绕芳丛。

念吹箫人去，明月楼空。

遥山万重，望寸碧、想眉峰。

翠钿琼珰谩好，谁适为容。

凄凉怀抱，算此际、唯我与君同。

凝泪际、目送征鸿。

御街行

东君不锁寻芳路，曾是莺花主。

有情风月可怜宵，犹记绿窗朱户。

十年空想，春风面杳，无计凭鳞羽。

凄凉怀抱今如许，天与重相遇。

不应还向楚峰前，朝暮为云为雨。

算来各把，平生分付，也不是、恶着处。

镇西

秋风吹暗雨，重衾寒透。

193

伤心听、晓钟残漏，凝情久。

记红窗夜雪，促膝围炉，交杯劝酒。

如今顿孤欢偶。

念别后，菱花清镜里，眉峰暗斗。

想标容、怎禁销瘦，忍回首。

但云笺妙墨，鸳锦啼妆，依然似旧。

临风泪沾襟袖。

蓦山溪（登历阳城楼）

孤城暮角，落日边声静。

醉袖拂危阑，对天末、孤云愁凝。

吴津楚望，表里抱江山，

山隐隐，水迢迢，满目江南景。

羁怀易感，往事伤重省。

罗袂浥残香，鬓星星、忍窥清镜。

琼英好在，应念玉关遥，

凝泪眼，下层楼，回首平林暝。

蓦山溪

疏梅雪里，已报东君信。

冷艳与清香，似一个、人人标韵。

晚来特地，酌酒慰幽芳，

携素手，摘纤枝，插向乌云鬓。

　　老来世事，百种皆消尽。

　　荣利等浮云，谩汲汲、徒劳方寸。

　　花前眼底，幸有赏心人，

　　歌金缕，醉瑶卮，此外君休问。

蓦山溪

书云今旦，雪霁严凝候。

玉辇想回銮，正花覆、千官锦绣。

周南留滞，清梦绕觚稜，

心耿耿，路迢迢，此际空回首。

　　华堂荐寿，玉笋持椒酒。

　　一曲啭春莺，更祝我、膺时纳祐。

　　功名富贵，老去已灰心，

　　唯只愿，捧觞人，岁岁长依旧。

蓦山溪

金风玉露，时节清秋候。

散发步闲亭，对荧荧、一天星斗。

悲歌慷慨，念远复伤时，

心耿耿，发星星，倚杖空搔首。

区区恋豆，岂是甘牛后。

时命未来间，且只得、低眉袖手。

男儿此志，肯向死前休，

无限事，几多愁，总付杯中酒。

洞仙歌

莺莺燕燕，本是于飞伴。

风月佳时阻幽愿。

但人心坚固后，天也怜人，

相逢处、依旧桃花人面。

绿窗携手，帘幕重重，烛影摇红夜将半。

对尊前如梦，欲语魂惊，

语未竟、已觉衣襟泪满。

我只为相思特特来，这度更休推，后回相见。

满江红

人倚金铺，颦翠黛、盈盈堕睫。

话别处、留连无计，语娇声咽。

十幅云帆风力满，一川烟暝波光阔。

但回首、极目望高城，弹清血。

并兰舟，停画楫；曾共醉，津亭月。

销魂处，今夜月圆人缺。

楚岫云归空怅望，汉皋佩解成轻别。

最苦是、拍塞满怀愁，无人说。

六幺令

梅英飘雪，弱柳弄新绿。

泠泠画桥流水，风静波如縠。

长记扁舟共载，偶近旗亭宿。

渺云横玉，鸳鸯枕上，听彻新翻数般曲。

　　此际魂清梦冷，绣被香芬馥。

　　因念多感情怀，触处伤心目。

　　自是今宵独寐，怎不添愁蹙。

　　如今心足，风前月下，赖有斯人慰幽独。

水调歌头（用卢赞元韵别彭城）

醉击玉壶缺，恨写绿琴哀。

悠悠往事谁问，离思渺难裁。

绿野堂前桃李，燕子楼中歌吹，那忍首重回。

唯有旧时月，远远逐人来。

　　小庭空，清夜永，独徘徊。

伴人幽怨，一枝潇洒陇头梅。

肠断云帆西去，目送烟波东注，千里接长淮。

为我将双泪，好过楚王台。

水调歌头（时居莆田）

亭皋木叶下，原隰菊花黄。

凭高满眼秋意，时节近重阳。

追想彭门往岁，千骑云屯平野，高宴古球场。

吊古论兴废，看剑引杯长。

感流年，思往事，重凄凉。

当时坐间英俊，强半已凋亡。

慨念平生豪放，自笑如今霜鬓，漂泊水云乡。

已矣功名志，此意付清觞。

水调歌头

相逢非草草，分袂太匆匆。

征裘泪痕浥遍，眸子怯酸风。

天际孤帆难驻，柳外香辀望断，云雨各西东。

回首重城远，楼观暮烟中。

黯销魂，思陈事，已成空。

东郊胜赏，归路骑马踏残红。

月下一樽芳酒，凭阑几曲清歌，别后少人同。

为问桃花脸，一笑为谁容。

满庭芳

烟锁长堤，云横孤屿，断桥流水溶溶。

凭阑凝望，远目送征鸿。

桃叶溪边旧事，如春梦、回首无踪。

难忘处，紫薇花下，清夜一尊同。

东城，携手地，寻芳选胜，赏遍珍丛。

念紫箫声阒，燕子楼空。

好是卢郎未老，佳期在、端有相逢。

重重恨，聊凭红叶，和泪寄西风。

满庭芳

风卷龙沙，云垂平野，晚来密雪交飞。

坐看阑槛，琼蕊遍寒枝。

妆点兰房景致，金铺掩、帘幕低垂。

红炉畔，浅斟低唱，天色正相宜。

更阑，人半醉，香肌玉暖，宝髻云敧。

又何须高会，梁苑瑶池。

堪笑子猷访戴，清兴尽、忍冻空回。

仍休羡，渔人江上，披得一蓑归。

满庭芳

鹦鹉洲边，芙蓉城下，迥然水秀山明。

小舟双桨，特地访云英。

惊破兰衾好梦，开朱户、一笑相迎。

良宵永，南窗皓月，依旧照娉婷。

　　别来，无限恨，持杯欲语，恍若魂惊。

　　念霎时相见，又惨离情。

　　还是匆匆去也，重携手、密语叮咛。

　　佳期在，宝钗鸾镜，端不负平生。

满庭芳

秦洞花迷，巫阳梦断，夜来曾到蓝桥。

洞房深处，重许见云翘。

蕙帐残灯耿耿，纱窗外、疏雨萧萧。

双心字，重衾小枕，玉困不胜娇。

　　寻常，愁夜永，今宵更漏，弹指明朝。

叙深情幽怨，泪浥香绡。

记取于飞厚约，丹山愿、别选安巢。

骖鸾去，青霄路稳，明月共吹箫。

满庭芳

玉鼎翻香，红炉叠胜，绮窗疏雨潇潇。

故人相过，情话款良宵。

酒晕微红衬脸，横波浸、满眼春娇。

云屏掩，鸳鸯被暖，攲枕听寒潮。

如今，成别恨，临风对月，总是无聊。

念伤心南陌，执手河桥。

还似一场春梦，离魂断、楚些难招。

佳期在，踏青时候，花底听鸣镳。

雨中花慢

寓目伤怀，逢欢感旧，年来事事疏慵。

叹身心业重，赋得情浓。

况是离多会少，难忘雨迹云踪。

断无锦字，双鳞杳杳，新雁雝雝。

良宵孤枕，人远天涯，除非梦里相逢。

相逢处，愁红敛黛，还又匆匆。

回首绿窗朱户，可怜明月清风。

断肠风月，关河有尽，此恨无穷。

念奴娇

凌空宝观，乍登临、多少伤离情味。

淼淼烟波吴会远，极目江淮无际。

槛外长江，楼中红袖，淡荡秋光里。

一声横吹，半滩鸥鹭惊起。

　　因念邃馆香闺，玉肌花貌，有盈盈仙子。

　　弄水题红传密意，宝墨银钩曾寄。

　　泪粉香销，碧云□杳，脉脉人千里。

　　一弯新月，断肠危栏独倚。

念奴娇

岁华晼晚，念羁怀多感，佳会难卜。

草草杯盘聊话旧，同剪西窗寒烛。

翠袖笼香，双蛾敛恨，低按新翻曲。

无情风雨，断肠更漏催促。

　　匆匆归骑难留，鸾屏鸳被，忍良宵孤宿。

回首幽欢成梦境，唯觉衣襟芬馥。

海约山盟，云情雨意，何日教心足。

不如不见，为君一味愁蹙。

念奴娇

画堂宴阕，望重帘不卷，轻哑朱户。

悄悄回廊，惊渐闻、蟋蟀凌波微步。

酒力融春，香风暗度，携手偎金缕。

低低笑问，睡得真个稳否。

　　因念隔阔经年，除非魂梦里，有时相遇。

　　天意怜人心在了，岂信关山遐阻。

　　晓色朦胧，柔情眷恋，后约叮咛语。

　　休教肠断，楚台朝暮云雨。

念奴娇

当年豪放，况朋侪俱是，一时英杰。

逸气凌云，佳丽地、独占春花秋月。

冶叶倡条，寻芳选胜，是处曾攀折。

昔游如梦，镜中空叹华发。

　　邂逅萍梗相逢，十年往事，忍尊前重说。

茂绿成阴春又晚，谁解丁香千结。

宝瑟弹愁，玉壶敲怨，触目堪愁绝。

酒阑人静，为君肠断时节。

念奴娇

轻雷骤雨，洗千岩浓翠，层峦森列。

衣袂凉生，丛竹外、时有飞萤明灭。

云浪鳞鳞，兰舟泛泛，共载一轮月。

五湖当日，未应此段奇绝。

  归路横玉惊鸾，叫云清似水，悠扬天末。

  玉字琼林凝望处，依约广寒宫阙。

  老去情钟，此心仍在，未肯甘华发。

  清欢留作，异时嘉话重说。

瑞鹤仙

玉猊香谩爇，叹瓶沉簪断，紫箫声绝。

丹青挂寒壁，细端详，宛是旧时标格。

音容望极，奈弱水、蓬山路隔。

似瑶林琼树，韶华正好，一枝先折。

  凄切，相思情味，镜中绿鬓，看成华发。

临风对月，空罗袂，揾清血。

待随群逐队，开眉一笑，除你心肠是铁。

看今生，为伊烦恼，甚时是彻。

喜迁莺

青娥呈瑞，正惨惨暮寒，同云千里。

剪水飞花，渐渐瑶英，密洒翠筠声细。

邃馆静深，金铺半掩，重帘垂地。

明窗外，伴疏梅潇洒，玉肌香腻。

　　幽人当此际，醒魂照影，永漏愁无寐。

　　强拊清尊，慵添宝鸭，谁会黯然情味。

　　幸有赏心人，奈咫尺、重门深闭。

　　今夜里，算忍教孤负，浓香鸳被。

看花回（和赵智夫韵）

夜久凉生，庭院漏声频促。

念昔胜游旧地，对画阁层峦，雨馀烟簇。

新诗暗藏小字，霜刀刊翠竹。

携素手、细绕回塘，芰荷香里彩鸳宿。

　　别后想、香销腻玉，带围减、钏宽金粟。

虽有鳞鸿锦素，奈事与心违，佳期难卜。

拟解愁肠万结，唯凭尊酒绿。

望天涯断魂处，醉拍阑干曲。

水龙吟（重过旧隐）

画桥流水桃溪路，别是壶中佳致。

南楼夜月，东窗疏雨，金莲共醉。

人静回廊，并肩携手，玉芝香里。

念紫箫声断，巫阳梦觉，人何在、花空委。

寂寞危栏独倚，望仙乡、水云无际。

芸房花院，重来空锁，苍苔满地。

物是人非，小池依旧，彩鸳双戏。

念当时风月，如今怀抱，有盈襟泪。

忆瑶姬（南徐连沧观赏月）

微雨初晴，洗瑶空万里，月挂冰轮。

广寒宫阙近，望素娥缥缈，丹桂亭亭。

金盘露冷，玉树风轻，倍觉秋思清。

念去年，曾共吹箫侣，同赏蓬瀛。

奈此夜、旅泊江城。

206

谩花光眩目，绿酒如渑。

幽怀终有恨，恨绮窗清影，虚照娉婷。

蓝桥□杳，楚馆云深。

拟凭归梦去，强就枕，无奈孤衾梦易惊。

飞雪满群山（又名扁舟寻旧约）

冰结金壶，寒生罗幕，夜阑霜月侵门。

翠筠敲竹，疏梅弄影，数声雁过南云。

酒醒敧粲枕，怆犹有、残妆泪痕。

绣衾孤拥，馀香未减，犹是那时熏。

长记得扁舟寻旧约，听小窗风雨，灯火昏昏。

锦裯才展，琼签报曙，宝钗又是轻分。

黯然携手处，倚朱箔、愁凝黛颦。

梦回云散，山遥水远空断魂。

飞雪满群山

绝代佳人，幽居空谷，绮窗森玉猗猗。

小舟双桨，重寻旧约，洞房宛是当时。

夜阑红烛暗，黯相对、浑如梦里。

旋烘鸳锦，尘生绣帐，香减缕金衣。

须信有盟言同皎日，□利牵名役，事与君违。

□君已许，今生来世，两情到此奚疑。

彩鸾须凤友，算何日、丹山共归。

未酬深愿，绵绵此恨无尽期。

丑奴儿慢

明眸秀色，别是天真潇洒。

更鬓发堆云，玉脸淡拂轻霞。

醉里精神，众中标格谁能画。

当时携手，花笼淡月，重门深亚。

　　巫峡梦回，已成陈事，岂堪重话。

　　谩赢得、罗襟清泪，鬓边霜华。

　　念□伤怀，凭阑烟水渺无涯。

　　秦源目断，碧云暮合，难认仙家。

风流子

韶华惊婉晚，青春老、倦客惜年芳。

庭樾荫浓，半藏莺语，晼兰花减，时有蜂忙。

粉墙低，嫩岚滋翠葆，零露湿残妆。

风暖昼长，柳绵吹尽，澹烟微雨，梅子初黄。

洛浦音容远，书空漫惘怅，往事悲凉。

无奈锦鳞杳杳，不渡横塘。

念蝴蝶梦回，子规声里，半窗斜月，一枕馀香。

拟待自宽，除非铁做心肠。

苏武慢

雁落平沙，烟笼寒水，古垒鸣笳声断。

青山隐隐，败叶萧萧，天际暝鸦零乱。

楼上黄昏，片帆千里归程，年华将晚。

望碧云空暮，佳人何处，梦魂俱远。

忆旧游、邃馆朱扉，小园香径，尚想桃花人面。

书盈锦轴，恨满金徽，难写寸心幽怨。

两地离愁，一尊芳酒，凄凉危栏倚遍。

尽迟留，凭仗西风，吹干泪眼。

李纲
词全集

李纲（1083—1140）

是一位杰出的政治家，同时也是一位杰出的词人。他字伯纪，邵武（属福建）人，曾官太常少卿。1126 年金兵初围开封时，他力阻钦宗迁都，团结军民，击退金兵，但不久即遭排斥。高宗即位，他任宰相，主张依靠北方义军收复失地，在职七十馀日又被罢免。此后多次上疏陈说抗金大计，都是白说。其词风豪放，寄寓着满腔爱国热忱，盼望着能够"登坛作将"，"拥精兵十万，横行沙漠，奉迎天表"，即使在贬谪中，也"所志应难夺"。以词咏史，极为少见，而他竟写了七首。在咏史词中，他歌颂雄才大略的汉武帝、汉光武帝和唐太宗，讥讽仓皇逃蜀的唐明皇，希望宋帝能效法唐宪宗信任裴度而平内乱，学宋真宗那样信任寇准而退强敌，字字都紧扣南宋的现实。南宋虽不能中兴，其词却照耀千古。

目　录

减字木兰花（读《神仙传》）

茫茫云海，方丈莲壶何处在。

拟泛轻舟，一到金鳌背上游。

　　琼楼珠室，千岁蟠桃初结实。

　　月冷风清，试倩双成吸玉笙。

其二

龟台金母，绀发芳容超夐古。

绛节霓旌，青鸟传言若可凭。

　　瑶池罢宴，零落碧桃香片片。

　　八骏西巡，更有何人继后尘。

减字木兰花（荔枝二首）

华清赐浴，宝甃温泉浇腻玉。

笑靥开时，一骑红尘献荔枝。

　　明珠乍剖，自擘轻红香满手。

　　锦袜罗囊，犹瘗当年驿路旁。

其二

仙姝丽绝，被服红绡肤玉雪。

火齐堆盘，常得杨妃带笑看。

　　劳生重马，远贡长为千古话。

　　林下甘芳，却准幽人餍饫尝。

丑奴儿（木犀）

幽芳不为春光发，直待秋风。

直待秋风，香比馀花分外浓。

　　步摇金翠人如玉，吹动珑璁。

　　吹动珑璁，恰似瑶台月下逢。

其二

枝头万点妆金蕊，十里清香。

十里清香，解引幽人雅思长。

　　玉壶贮水花难老，净几明窗。

　　净几明窗，褪下残英藜藜黄。

采桑子（秋日丁香）

一番飞次春风巧，细看工夫。

点缀红酥，此际多应别处无。

　　玉人不与花为主，辜负芳菲。

　　香透帘帏，谁向钗头插一枝。

西江月（赠友人家侍儿名莺莺者）

意态何如涎涎，轻盈只恐飞飞。

华堂偏傍主人栖，好与安巢稳戏。

　　搅断楼中风月，且看掌上腰支。

　　谪仙词赋少陵诗，万语千言总记。

望江南（池阳道中）

归去客，迂骑过江乡。

茅店鸡声寒逗月，板桥人迹晓凝霜。

一望楚天长。

　　春信早，山路野梅香。

　　映水酒帘斜扬日，隔林渔艇静鸣榔。

　　杳杳下残阳。

望江南

新阁就，向日借清光。

广厦生风非我志，小窗容膝正相当。

聊此傲羲皇。

狨尾拂，高挂木绳床。

老病维摩谁问疾，散花天女为焚香。

恰好细商量。

其二

新酒熟，云液满香筥。

溜溜清声归小瓮，温温玉色照瓷瓯。

饮兴浩难收。

嘉客至，一酹散千忧。

顾我老方齐物论，与君同作醉乡游。

万事总休休。

其三

新雨足，一夜满南塘。

粳稻向成初吐秀，芰荷虽败尚馀香。

爽气入轩窗。

澄霁后，远岫更青苍。

两部蛙声鸣鼓吹，一天星月浸光铓。

秋色陡凄凉。

其四

新月出，清影尚苍茫。

学扇欲生青海上，如钩先挂碧霄旁。

星斗焕文章。

　　林下客，把酒挹孤光。

　　斟酌嫦娥怜我老，故窥书幌照人床。

　　此意自难忘。

望江南（过分水岭）

征骑远，千里别沙阳。

泛碧斋傍凝翠阁，柄云寺里印心堂。

回首意茫茫。

　　分水岭，烟雨正凄凉。

　　南望瓯闽连海峤，北归吴越过江乡。

　　极目暮云长。

其二

云岭水，南北自分流。

触目澜翻飞雪浪，赴溪盘屈转琼钩。

呜咽不胜愁。

归去客，征骑远闽州。

路入江南春信未，日行北陆冷光浮。

还揽旧貂裘。

望江南

予在沙阳，尝作满庭芳一阕，寄陆惇礼。末句云："何时得恩来日下，蓑笠老江湖。"今蒙恩北归，当践斯言，因作渔父四时词以道意，调寄望江南。

云棹远，南浦绿波春。

日暖风和初解冻，饵香竿袅好垂纶。

一钓得金鳞。

风乍起，吹皱碧渊沦。

红脍斫来龙更美，白醪酤得旨兼醇。

一醉武陵人。

其二

清昼永，幽致夏来多。

远岸参差风扬柳，平湖清浅露翻荷。

移棹钓烟波。

凉一霎，飞雨洒轻蓑。

满眼生涯千顷浪，放怀乐事一声歌。

不醉欲如何。

其三

烟艇稳，浦溆正清秋。

风细波平宜进楫，月明江静好沉钩。

横笛起汀洲。

　　鲈鳜美，新酿蚁醅浮。

　　休问六朝兴废事，白蘋红蓼正凝愁。

　　千古一渔舟。

其四

江上雪，独立钓渔翁。

箬笠但闻冰散响，蓑衣时振玉花空。

图画若为工。

　　云水暮，归去远烟中。

　　茅舍竹篱依小屿，缩鳊圆鲫入轻笼。

　　欢笑有儿童。

一剪梅

数点梅花玉雪娇，烟水篱边，半裛青梢。

横斜疏影月黄昏，谁使天香，暗淡飘飘。

　　半醉佳人酒未消，宝髻偏时，插更斜裛。

　　尊前还唱早梅词，琼醑何如，□□□□。

渔家傲（九月将尽菊花始有开者）

木落霜清秋色霁，菊苞渐吐金英碎。

佳节不随东去水。

谁得会，黄花开日重阳至。

　　三径旧栽烟水外，故园凝望空流泪。

　　香色向人如有意。

　　按落蕊，金尊满满从教醉。

感皇恩

九日菊花迟，茱萸却早。

嫩蕊浓香自妍好。

一簪华发，只恐西风吹帽。

细看还遍插，人忘老。

　　千古此时，清欢多少。

戏马台空但荒草。

旅愁如海，须把金尊销了。

暮天秋影碧，云如扫。

感皇恩（枕上）

西阁夜初寒，炉烟轻袅。

竹枕绸衾素屏小。

片时清梦，又被木鱼惊觉。

半窗残月影，天将晓。

　　幻境去来，胶胶扰扰。

　　追想平生发孤笑。

　　壮怀消散，尽付败荷衰草。

　　个中还得趣，从他老。

江城子（新酒初熟）

老饕嗜酒若鸱夷，拣珠玑，自蒸炊。

笃尽云腴，浮蚁在瑶卮。

有客相过同一醉，无客至，独中之。

　　麹生风味有谁知，豁心脾，展愁眉。

　　玉颊红潮，还似少年时。

　　醉倒不知天地大，浑忘却，是和非。

江城子（九日与诸季登高）

客中重九共登高，逼烟霄，见秋毫。

云涌群山，山外海翻涛。

回首中原何处是，天似幕，碧周遭。

　　茱萸蕊绽菊方苞，左倾醪，右持螯。

　　莫把闲愁，空使寸心劳。

　　会取八荒皆我室，随节物，且游邀。

江城子（瀑布）

琉璃滑处玉花飞，溅珠玑，喷霏微。

谁遣银河，一派九天垂。

昨夜白虹来涧饮，留不去，许多时。

　　幽人独坐石嵚崟，赏清奇，濯涟漪。

　　不怕深沉，潭底有蛟螭。

　　颒洞但闻金石奏，猿鸟乐，共忘归。

江城子

去年九日在衡阳，满林霜，俯潇湘。

回雁峰头，依约雁南翔。

遥想茱萸方遍插，唯少我，一枝香。

今年佳节幸相将，陟层冈，举华觞。

地暖风和，犹未菊开黄。

此会明年知健否，判酩酊，醉秋光。

江城子

　再游武夷，至晞真馆，与道士泛月而归。

武夷山里一溪横，晚风清，断霞明。

行至晞真馆下月华生。

仙迹灵踪知几许，云缥渺，石峥嵘。

　　羽人同载小舟轻，玉壶倾，荐芒馨。

　　酣饮高歌，时作步虚声。

　　一梦游仙非偶尔，回棹远，翠烟凝。

江城子（池阳泛舟作）

春来江上打头风，吼层空，卷飞蓬。

多少云涛，雪浪暮江中。

早是客情多感慨，烟漠漠，雨濛濛。

　　梁溪只在太湖东，长儿童，学庞翁。

　　谁信家书，三月不曾通。

　　见说浙河金鼓震，何日到，羡归鸿。

江城子

晓来江口转南风，静烟空，整云蓬。

满眼高帆，隐映画图中。

呕轧数声离岸橹，云暗淡，雪溟蒙。

　　扁舟归去五湖东，狎樵童，侣渔翁。

　　不管人间，荣辱与穷通。

　　试作五噫歌汉室，从隐遁，作梁鸿。

苏武令

塞上风高，渔阳秋早，惆怅翠华音杳。

驿使空驰，征鸿归尽，不寄双龙消耗。

念白衣、金殿除恩，归黄阁、未成图报。

　　谁信我、致主丹衷，伤时多故，未作救民方召。

　　调鼎为霖，登坛作将，燕然即须平扫。

　　拥精兵十万，横行沙漠，奉迎天表。

六幺令

　　次韵和贺方回金陵怀古，鄱阳席上作。

长江千里，烟澹水云阔。

歌沉玉树，古寺空有疏钟发。

六代兴亡如梦，苒苒惊时月。

兵戈凌灭，豪华销尽，几见银蟾自圆缺。

　潮落潮生波渺，江树森如发。

　谁念迁客归来，老大伤名节。

　纵使岁寒途远，此志应难夺。

　高楼谁设，倚阑凝望，独立渔翁满江雪。

水调歌头

　同德久诸季小饮，出示所作，即席答之。

律吕自相召，韶頀不难谐。

致君泽物，古来何世不须才。

幸可山林高卧，袖手何妨闲处，醇酒醉朋侪。

千里故人驾，不怕物情猜。

　秋夜永，更秉烛，且衔杯。

　五年离索，谁谓谈笑豁幽怀。

　况我早衰多病，屏迹云山深处，俗客不曾来。

　此日扫花径，蓬户为君开。

水调歌头

与李致远、似之、张柔直会饮。

如意始身退，此事古难谐。

中年醉饮，多病闲去正当才。

长爱兰亭公子，弋钓黪山娱适，甘旨及朋侪。

衰疾卧江海，鸥鸟莫惊猜。

酒初熟，招我友，共一杯。

碧天云卷，高挂明月照人怀。

我醉欲眠君去，醉醒君如有意，依旧抱琴来。

尚有一壶酒，当复为君开。

水调歌头

似之、申伯、叔阳皆作，再次前韵。

物我本虚幻，世事若俳谐。

功名富贵，当得须是个般才。

幸有山林云水，造物端如有意，分付与吾侪。

寄语旧猿鹤，不用苦相猜。

醉中适，一杯尽，复一杯。

坐间有客，超诣言笑可忘怀。

况是清风明月，如会幽人高意，千里自飞来。

共笑陶彭泽，空对菊花开。

水调歌头（前题）

花径不曾扫，蓬户为君开。

元戎小队，清晓佳客与同来。

我为衰迟多病，且恁浇花艺药，随分葺池台。

多谢故人意，迂访白云隈。

　　暮春月，修禊事，会兰斋。

　　一觞一咏，何愧当日畅幽怀。

　　况是茂林修竹，映带清流湍激，山色碧崔嵬。

　　勿复叹陈迹，且为醉金杯。

水调歌头（和李似之横山对月）

秋杪暑方退，清若玉壶冰。

高楼对月，天上宫殿不曾扃。

散下凄然风露，影照江山如昼，浑觉俗缘轻。

弋者欲何慕，鸿羽正冥冥。

　　世间法，唯此事，最堪凭。

　　太虚心量，聊假梨枣制颓龄。

　　但使心安身健，静看草根泉际，吟蚓与飞萤。

　　一坐小千劫，无念契无生。

水调歌头（李太白画像）

太白乃吾祖，逸气薄青云。

开元有道，聊复乘兴一来宾。

天子呼来方醉，洒面清泉微醒，馀吐拭龙巾。

词翰不加点，歌阕满宫春。

　　笔风雨，心锦绣，极清新。

　　大儿中令，神契兼有坐忘人。

　　不识将军高贵，醉里指污吾足，乃敢尚衣嗔。

　　千载已仙去，图象耸风神。

玉蝴蝶

万古秣陵江国，舣舟烟岸，千里云林。

故垒高楼，凝望远水遥岑。

景阳钟、那闻旧响，玉树唱、空有馀音。

感春心，六朝遗事，萧索难寻。

　　甘泉法从弟兄芝玉，顾我情深。

　　契阔相思，岂知今日共登临。

　　对尊俎、休辞痛饮，伤志节、须且高吟。

　　柳摇金，断霞轻霭，残照西沉。

念奴娇（汉武巡朔方）

茂陵仙客，算真是、天与雄才宏略。

猎取天骄驰卫霍，如使鹰鹯驱雀。

鏖战皋兰，犁庭龙碛，饮至行勋爵。

中华强盛，坐令夷狄衰弱。

　　追想当日巡行，勒兵十万骑，横临边朔。

　　亲总貔貅谈笑看，黠虏心惊胆落。

　　寄语单于，两君相见，何苦逃沙漠。

　　英风如在，卓然千古高着。

念奴娇（宪宗平淮西）

晚唐姑息，有多少方镇，飞扬跋扈。

淮蔡雄藩联四郡，千里公然旅拒。

同恶相资，潜伤宰辅，谁取分明语。

婷婀群议，共云旄节应付。

　　於穆天子英明，不疑不贰处，登庸裴度。

　　往督全师威令使，擒贼功名归愬。

　　半夜衔枚，满城深雪，忽已亡悬瓠。

　　明堂坐治，中兴高映千古。

念奴娇（中秋独坐）

暮云四卷，淡星河、天影茫茫垂碧。

皓月浮空，人尽道，端的清圆如璧。

丹桂扶疏，银蟾依约，千古佳今夕。

寒光委照，有人独坐秋色。

　　怅念老子平生，粗令婚嫁了，超然闲适。

　　误缚簪缨遭世故，空有当时胸臆。

　　苒苒流年，春鸿秋燕，来往终何益。

　　云山深处，这回真是休息。

喜迁莺（晋师胜淝上）

长江千里，限南北、雪浪云涛无际。

天险难逾，人谋克壮，索虏岂能吞噬。

阿坚百万南牧，倏忽长驱吾地。

破强敌，在谢公处画，从容颐指。

　　奇伟，淝水上，八千戈甲，结阵当蛇豕。

　　鞭弭周旋，旌旗麾动，坐却北军风靡。

　　夜闻数声鸣鹤，尽道王师将至。

　　延晋祚，庇烝民，周雅何曾专美。

喜迁莺（真宗幸澶渊）

边城寒早，恣骄虏、远牧甘泉丰草。

铁马嘶风，毡裘凌雪，坐使一方云扰。

庙堂折冲无策，欲幸坤维江表。

叱群议，赖寇公力挽，亲行天讨。

　　飘缈，銮辂动，霓旌龙旆，遥指澶渊道。

　　日照金戈，云随黄伞，径渡大河清晓。

　　六军万姓呼舞，箭发狄酋难保。

　　虏情慴，誓书来，从此年年修好。

喜迁莺（自池阳泛舟）

江天霜晓，对万顷雪浪，云涛弥渺。

远岫参差，烟树微茫，阅尽往来人老。

浅沙别浦极望，满目馀霞残照。

暮云敛，放一轮明月，窥人怀抱。

　　杳杳，千里恨，玉人一别，梦断无音耗。

　　手捻江梅，枝头春信，欲寄算应难到。

　　画船片帆浮碧，更值风高波浩。

　　几时得向尊前，销却许多烦恼。

喜迁莺（塞上词）

边城寒早，对漠漠暮秋，霜风烟草。

战口长闲，刁斗无声，空使荷戈人老。

陇头立马极目，万里长城古道。

感怀处，问仲宣云乐，从军多少。

缥缈，云岭外，夕烽一点，塞上传光小。

玉帐尊罍，青油谈笑，肯把壮怀销了。

画楼数声残角，吹彻梅花霜晓。

愿岁岁静烟尘，羌虏常修邻好。

水龙吟（光武战昆阳）

汉家炎运中微，坐令闰位馀分据。

南阳自有，真人膺历，龙翔虎步。

初起昆城，旋驱乌合，块然当路。

想莽军百万，旌旗千里，应道是、探囊取。

豁达刘郎大度，对勍敌、安恬无惧。

提兵夹击，声喧天壤，雷风借助。

虎豹哀嗥，戈鋋委地，一时休去。

早复收旧物，扫清氛祲，作中兴主。

水龙吟（太宗临渭上）

古来夷狄难驯，射飞择肉天骄子。

唐家建国，北边雄盛，无如颉利。

万马崩腾，皂旗毡帐，远临清渭。

向郊原驰突，凭陵仓卒，知战守、难为计。

　　须信君王神武，觇虏营、只从七骑。

　　长弓大箭，据鞍诘问，单于非义。

　　戈甲鲜明，旌麾光彩，六军随至。

　　怅敌情震骇，鱼循鼠伏，请坚盟誓。

水龙吟

　　次韵任世初送林商叟海道还闽中。

际天云海无涯，径从一叶舟中渡。

天容海色，浪平风稳，何尝有飓。

鳞甲千山，笙镛群籁，了无遮护。

笑读君佳阕，追寻往事，须信道、忘来去。

　　闻说钓鲸公子，为才名、鹗书交举。

　　高怀澹泊，柏台兰省，留连莫住。

　　万里闽山，不从海道，寄声何处。

　　怅七年契阔，无因握手，与开怀语。

水龙吟

上巳日出郊，呈知宗安抚、张参、观文汪相二首。

莫春清淑之初，赏心最乐惟修禊。

兰亭序饮，泛觞流詠，萧然适意。

旧弼宗英，文章贤牧，肯临坰外。

向碧山深处，寻花问柳，有佳气、随旌旆。

　　寥落幽人寓止，借僧园、缭云萦水。

　　栽花种竹，凿池开径，渊明岂愧。

　　美景良辰，玉颜方老，欲留何计。

　　对残红嫩绿，开怀笑语，且须同醉。

水龙吟（次韵和质夫子瞻杨花词）

晚春天气融和，乍惊密雪烟空坠。

因风飘荡，千门万户，牵情惹思。

青眼初开，翠眉才展，小园长闭。

又谁知化作，琼花玉屑，共榆荚、漫天起。

　　深院美人慵困，乱云鬟、尽从妆缀。

　　小廊回处，氍毹重叠，轻拈却碎。

　　飞入楼台，舞穿帘幕，总归流水。

　　怅青春又过，年年此恨，满东风泪。

雨霖铃（明皇幸西蜀）

蛾眉修绿，正君王恩宠，曼舞丝竹。

华清赐浴瑶甃，五家会处，花盈山谷。

百里遗簪堕珥，尽宝钿珠玉。

听突骑、鼙鼓声喧，寂寞霓裳羽衣曲。

　　金舆远幸匆匆速，奈六军不发人争目。

　　明眸皓齿难恋，肠断处、绣囊犹馥。

　　剑阁峥嵘，何况铃声，带雨相续。

　　谩留与、千古伤神，尽入生绡幅。

永遇乐（秋夜有感）

秋色方浓，好天凉夜，风雨初霁。

缺月如钩，微云半掩，的烁星河碎。

爽来轩户，凉生枕簟，夜永悄然无寐。

起徘徊，凭栏凝伫，片时万情千意。

　　江湖倦客，年来衰病，坐叹岁华空逝。

　　往事成尘，新愁似锁，谁是知心底。

　　五陵萧瑟，巾原杳杳，但有满襟清泪。

　　烛兰缸，呼童取酒，且图径醉。

岳飞

词全集

岳飞（1103—1142）

收入百家全集，既是以词传，更是以人传。这位古代民族英雄的一首《满江红》，传唱直到如今，不知激励了多少中华儿女。他字鹏举，相州汤阴（今属河南）人。幼年家贫，由母亲教学。后应募守边，在抗金时屡立战功，官至太尉，任枢密副使。他治军有方，敌人说："撼山易，撼岳家军难。"正当他在前线大捷、准备痛捣黄龙之际，宋高宗却以"莫须有"的罪名将他杀害，直到新皇帝接位后才予平反。近代有人怀疑《满江红》非他所作，但证据并不充分；而新近又发现岳飞手迹中有另一首《满江红》，并有文徵明等人的题跋，其忠义的胸怀，豪迈的气魄，与"怒发冲冠"一首相埒。反正人们心目中的岳飞应该有这样一首《满江红》，而这首《满江红》的作者也应该是岳飞，这也就是自有公论在人心了。

目　录

小重山

昨夜寒蛩不住鸣，

惊回千里梦，已三更。

起来独自绕阶行。

人悄悄，帘外月胧明。

    白首为功名。

    旧山松竹老，阻归程。

    欲将心事付瑶琴。

    知音少，弦断有谁听。

满江红（写怀）

怒发冲冠，凭栏处、潇潇雨歇。

抬望眼、仰天长啸，壮怀激烈。

三十功名尘与土，八千里路云和月。

莫等闲、白了少年头，空悲切。

    靖康耻，犹未雪；臣子恨，何时灭。

    驾长车踏破、贺兰山缺。

    壮志饥餐胡虏肉，笑谈渴饮匈奴血。

    待从头、收拾旧山河，朝天阙。

满江红（登黄鹤楼有感）

遥望中原，荒烟外、许多城郭。

想当年、花遮柳护，凤楼龙阁。

万岁山前珠翠绕，蓬壶殿里笙歌作。

到而今、铁骑满郊畿，风尘恶。

　　兵安在，膏锋锷；民安在，填沟壑。

　　叹江山如故，千村寥落。

　　何日请缨提锐旅，一鞭直渡清河洛。

　　却归来、再续汉阳游，骑黄鹤。

杨万里
词全集

杨万里（1127—1206）

诗文为南宋大家，存诗文一百三十馀卷，诗有四千二百首，而词仅有
八首，却首首可传。他字廷秀，号诚斋，吉州吉水（今属江西）人。
历官三朝，先后任秘书监、知县、知州、提点刑狱等职，几次上书，
颇有直声。后因反对铸用铁钱，坚决辞官，临终前的遗言说："吾头
颅如许，报国无路，唯有孤愤。"诗初学江西诗派，后学晚唐，到
五十多岁才恍然大悟，直向大自然寻找诗材，创造"诚斋体"，清新
自然，生动活泼，富于幽默感，以至时人有"处处山川怕见君"之说。
词也和诗一样，"兴到自来，不以力构"。如《好事近》："不是诚
斋无月，隔一林修竹。如今才是十三夜，月色已如玉。未是秋光奇绝，
看十五十六。"平白如话，却情景意趣俱佳，留给读者想象的馀地。
确如前人所说："不特诗有别才，即词亦有奇致。"

目　录

昭君怨（赋松上鸥）

晚饮诚斋，忽有一鸥来泊松上，已而复去，感而赋之。

偶听松梢扑鹿，知是沙鸥来宿。

稚子莫喧哗，恐惊他。

俄顷忽然飞去，飞去不知何处。

我已乞归休，报沙鸥。

昭君怨（咏荷上雨）

午梦扁舟花底，香满西湖烟水。

急雨打篷声，梦初惊。

却是池荷跳雨，散了真珠还聚。

聚作水银窝，泻清波。

好事近

七月十三日夜登万花川谷望月作。

月未到诚斋，先到万花川谷。

不是诚斋无月，隔一林修竹。

如今才是十三夜，月色已如玉。

未是秋光奇绝，看十五十六。

忆秦娥（初春）

新春早，春前十日春归了。

春归了，落梅如雪，野桃红小。

老夫不管春催老，只图烂醉花前倒。

花前倒，儿扶归去，醒来窗晓。

武陵春

老夫茗饮小过，遂得气疾，终夕越吟，而长孺子有书
至，答以武陵春，因呈子西。

长铗归乎逾十暑，不着骏骧冠。

道是今年胜去年，特地减清欢。

旧赐龙团新作祟，频啜得中寒。

瘦骨如柴痛又酸，儿信问平安。

水调歌头（贺广东漕蔡定夫母生日）

玉树映阶秀，玉节逐年新。

年年九月，好为阿母作生辰。

涧底蒲芽九节，海底银涛万顷，酿作一杯春。

泛以东篱菊，寿以漆园椿。

对西风，吹鬓雪，炷香云。

郎君入奏，又迎珠幰入修门。

看即金花紫诰，并举莆常两国，册命太夫人。

三点台星上，一点老人星。

念奴娇（上章乞休致，戏作念奴娇以自贺）

老夫归去，有三径、足可长拖衫袖。

一道官衔清彻骨，别有监临主守。

主守清风，监临明月，兼管栽花柳。

登山临水，作诗三首两首。

　　休说白日升天，莫夸金印，斗大悬双肘。

　　且说庐陵传盛事，三个闲人眉寿。

　　拣罢军员，归农押录，致政诚斋叟。

　　只愁醉杀，螺江门外私酒。

归去来兮引

侬家贫甚诉长饥，幼稚满庭闱。

正坐瓶无储粟，漫求为吏东西。

偶然彭泽近邻圻，公秫滑流匙。

葛巾劝我求为酒，黄菊怨、冷落东篱。

五斗折腰，谁能许事，归去来兮。

老圃半榛茨，山田欲蒺藜。

念心为形役又奚悲。

独惆怅前迷，不谏后方追。

觉今来是了，觉昨来非。

扁舟轻扬破朝霏，风细漫吹衣。

试问征夫前路，晨光小，恨熹微。

乃瞻衡宇载奔驰，迎候满荆扉。

已荒三径存松菊，喜诸幼、入室相携。

有酒盈尊，引觞自酌，庭树遣颜怡。

容膝易安栖，南窗寄傲睨。

更小园日涉趣尤奇。

尽虽设柴门，长是闭斜晖。

纵遐观矫首，短策扶持。

浮云出岫岂心思，鸟倦亦归飞。

翳翳流光将入，孤松抚处凄其。

息交绝友堙山溪，世与我相违。

驾言复出何求者，旷千载、今欲从谁。

亲戚笑谈，琴书觞咏，莫遣俗人知。

邂逅又春熙，农人欲载菑。

告西畴有事要耘耔。

容老子舟车，取意任委蛇。

历崎岖窈窕，丘壑随宜。

欣欣花木向荣滋，泉水始流渐。

万物得时如许，此生休笑吾衰。

寓形宇内几何时，岂问去留为。

委心任运无多虑，顾皇皇、将欲何之。

大化中间，乘流归尽，喜惧莫随伊。

富贵本危机，云乡不可期。

趁良辰、孤往恣游嬉。

独临水登山，舒啸更哦诗。

除乐天知命，了复奚疑。

范成大
词全集

范成大（1126—1193）

他的诗和陆游、杨万里、尤袤并称南宋四大家，其词作数量稍亚于陆游，却比杨、尤多得多。他字致能，号石湖居士，吴郡（今苏州）人。父亲死得早，少年即挑起家庭重担，因此洞悉人情，练成才干。历任广西、四川等地长官，都有善政。曾出使金国，有胆有识，为宋朝争得体面。所到之处，都详记山川形胜、风物人情，还作有《菊谱》《梅谱》，是有价值的自然史资料。他是古代田园诗的集大成者，尤其是《四时田园杂兴》六十首，把古代农民的苦痛欢乐都生动地描绘出来了，影响后世很大。他的词吟咏竹篱茅舍的，可与其田园诗媲美。忧时之作则与苏词相近："击楫誓，空警俗。休拊髀，都生肉。任炎天冰海，一杯相属。"词人满腔热血，慷慨激昂，终归无用。朝廷上醉生梦死，词人又有什么办法？

目 录

步虚词（六首并序）

赵从善示余玉楼图，其前玉阶一道，横跨绿霄中。琪树垂珠网，夹阶两旁，绿霄之外，周以玉阑，阑外方是碧落。阶所接亦玉池，中间涌起玉楼三重，千门万户，无非连璐重璧。屋覆金瓦，屋山缀红牙垂珰。四檐黄帘皆卷，楼中帝座，依约可望，红云自东来，云中虚皇乘玉辂，驾两金龙。侍卫可见者：灵官法服骑而夹侍二人，力士黄麾前导二人，仪剑四人，金围子四人，夹辂黄幡二人，五色戟带二人，珠幢二人，金龙旗四人，负纳陛而后从二人。云头下垂，将至玉阶，楼前仙官冠帔出迎，方下阶，双舞鹤行前。云驾之旁，又有红云二：其一，仙官立幢节间，其二，女乐并奏。玉楼之后，又有小玉楼六，其制如前，宝光祥云，前后蔽亏，或隐或现。小案之前，独为金地，亦有仙官自金地下迎。傍小楼最高处，有飞桥直瑶台，仙人度桥登台以望，名数可纪者，大略如此。若其景趣高妙、碧落浮黎、青冥风露之境，则览者可以神会，不能述于笔端。此画运思超绝，必梦游帝所者仿佛得之，非世间俗吏意匠可到。明窗净几，尽卷展玩，恍然便觉身在九霄三景之上，奇事不可以不识。简斋有水府法驾道引歌词，乃倚其体，作步虚词六章，以遗从善。

羽人有不俗者，使歌之于清风明月之下，虽未得仙，
亦足以豪矣。

珠霄境，却似化人宫。

梵气弥罗融万象，玉楼十二倚清空。

一片宝光中。

其二

浮黎路，依约太微间。

雪色宝阶千万丈，人间遥作白虹看。

幢节度高寒。

其三

罡风起，背负玉虚廷。

九素烟中寒一色，扶阑四面是青冥。

环拱万珠星。

其四

流铃响，龙驭簫云来。

夹道骞华笼彩仗，红云扶辂辗天街。

迎驾鹤裴回。

其五

钧天奏，流韵满空明。
琪树玲珑珠网碎，仙风吹作步虚声。
相和八鸾鸣。

其六

楼阑外，辇道插非烟。
闲上郁萧台上看，空歌来自始青天。
扬袂揖飞仙。

如梦令

罨画屏中客住，水色山光无数。
斜日满江声，何处撑来小渡。
休去，休去，惊散一洲鸥鹭。

如梦令

两两莺啼何许，寻遍绿阴浓处。
天气润罗衣，病起却忺微暑。
休雨，休雨，明日榴花端午。

浣溪沙（烛下海棠）

倾坐东风百媚生，万红无语笑逢迎。

照妆醒睡蜡烟轻。

　　彩蛛横斜春不夜，绛霞浓淡月微明。

　　梦中重到锦官城。

浣溪沙

催下珠帘护绮丛，花枝红里烛枝红。

烛光花影夜葱茏。

　　锦地绣天香雾里，珠星璧月彩云中。

　　人间别有几春风。

浣溪沙（新安驿席上留别）

送尽残春更出游，风前踪迹似沙鸥。

浅斟低唱小淹留。

　　月见西楼清夜醉，雨添南浦绿波愁。

　　有人无计恋行舟。

浣溪沙

歙浦钱塘一水通，闲云如幕碧重重。
吴山应在碧云东。
　　无力海棠风淡荡，半眠官柳日葱茏。
　　眼前春色为谁浓。
　　〔一作吴儆词〕

浣溪沙（元夕后三日王文明席上）

宝髻双双出绮丛，妆光梅影各春风。
收灯时候却相逢。
　　鱼子笺中词宛转，龙香拨上语玲珑。
　　明朝车马莫西东。

浣溪沙

红锦障泥杏叶鞯，解鞍呼渡忆当年。
马骄不肯上航船。
　　茅店竹篱开席市，绛裙青袂劚姜田。
　　临平风物故依然。

浣溪沙

白玉堂前绿绮疏，烛残歌罢困相扶。
问人春思肯浓无。
　　梦里粉香浮枕簟，觉来烟月满琴书。
　　个侬情分更何如。

浣溪沙（江村道中）

十里西畴熟稻香，槿花篱落竹丝长。
垂垂山果挂青黄。
　　浓雾知秋晨气润，薄云遮日午阴凉。
　　不须飞盖护戎装。

霜天晓角

晚晴风歇，一夜春威折。
脉脉花疏天淡，云来去，数枝雪。
　　胜绝，愁亦绝，此情谁共说。
　　惟有两行低雁，知人倚、画楼月。

霜天晓角

少年豪纵，袍锦团花凤。
曾是京城游子，驰宝马、飞金鞯。
　旧游浑似梦，鬓点吴霜重。
　多少燕情莺意，都泻入、玻璃瓮。

菩萨蛮

小轩今日开窗了，揉蓝染碧缘阶草。
檐佩可怜风，杏梢烟雨红。
　飘零欢事少，鬓点吴霜早。
　天色不愁人，眼前无限春。

菩萨蛮（元夕立春）

雪林一夜收寒了，东风恰向灯前到。
今夕是何年，新春新月圆。
　绮丛香雾隔，犹记疏狂客。
　留取缕金幡，夜蛾相并看。

菩萨蛮

黄梅时节春萧索，越罗香润吴纱薄。
丝雨日昽明，柳梢红未晴。

多愁多病后，不识曾中酒。
愁病送春归，恰如中酒时。

菩萨蛮

冰明玉润天然色，凄凉拚作西风客。
不肯嫁东风，殷勤霜露中。

绿窗梳洗晚，笑把玻璃盏。
斜日上妆台，酒红和困来。

菩萨蛮（湘东驿）

客行忽到湘东驿，明朝真是潇湘客。
晴碧万重云，几时逢故人。

江南如塞北，别后书难得。
先自雁来稀，那堪春半时。

菩萨蛮（寓直晚对内殿）

彤楼鼓密催金钥，沉沉青琐重重幕。
宣唤晚朝天，五云笼暝烟。

　　风急东华路，暖扇遮微雨。
　　香雾扑人衣，上林乌满枝。

减字木兰花

玉烟浮动，银阙三山连海冻。
翠袖阑干，不怕楼高酒力寒。

　　双松冻折，忽忆衰翁容易别。
　　想见鸥边，压损年时小钓船。

减字木兰花

折残金菊，柸子香时新酒热。
谁伴芳尊，先问梅花借小春。

　　道人破戒，染酒题诗金凤带。
　　愁病相关，不似年时酒量宽。

减字木兰花

波娇鬟袅，中隐常前人意好。
不奈春何，拚却轻寒透薄罗。

　　剪梅新曲，欲断还联三叠促。
　　围坐风流，饶我尊前第一筹。

减字木兰花

枕书睡熟，珍重月明相伴宿。
宝鸭金寒，香满围屏宛转山。

　　鸡人声杳，瑶井玉绳相对晓。
　　黯淡窗纱，却下风帘护烛花。

减字木兰花

腊前三白，春到西园还见雪。
红紫花迟，借作东风万玉枝。

　　归田计决，麦饭熟时应快活。
　　身在高楼，心在山阴一叶舟。

卜算子

凉夜竹堂虚，小睡匆匆醒。

银漏无声月上阶，满地阑干影。

　　何处最知秋，风在梧桐井。

　　不惜骖鸾弄玉箫，露湿衣裳冷。

卜算子

云压小桥深，月到重门静。

冷蕊疏枝半不禁，更着横窗影。

　　回首故园春，往事难重省。

　　半夜清香入梦来，从此熏炉冷。

好事近

云幕暗千山，肠断玉楼金阙。

应是高唐小妇，妒姮娥清绝。

　　夜凉不放酒杯寒，醉眼渐生缬。

　　何待桂华相照，有人人如月。

好事近

昨夜报春来，的皪岭梅开雪。

携手玉人同赏，比看谁奇绝。

　　阑干倚遍忆多情，怕角声呜咽。

　　与折一枝斜戴，衬鬓云梳月。

谒金门

　　宜春道中野塘春水可喜，有怀旧隐。

塘水碧，仍带麹尘颜色。

泥泥縠纹无气力，东风如爱惜。

　　恰似越来溪侧，也有一双鸂鶒。

　　只欠柳丝千百尺，系船春弄笛。

秦楼月

窗纱薄，日穿红幔催梳掠。

催梳掠，新晴天气，画檐闻鹊。

　　海棠逗晓都开却，小云先在阑干角。

　　阑干角，杨花满地，夜来风恶。

秦楼月

珠帘狭，卷帘春院花围合。

花围合，昼长人静，双双胡蝶。

　　花前苦殢金蕉叶，蓍腾午睡扶头怯。

　　扶头怯，闲愁无限，远山斜叠。

秦楼月

香罗薄，带围宽尽无人觉。

无人觉，东风日暮，一帘花落。

　　西园空锁秋千索，帘垂帘卷闲池阁。

　　闲池阁，黄昏香火，画楼吹角。

秦楼月

楼阴缺，阑干影卧东厢月。

东厢月，一天风露，杏花如雪。

　　隔烟催漏金虬咽，罗帏暗淡灯花结。

　　灯花结，片时春梦，江南天阔。

秦楼月

浮云集，轻雷隐隐初惊蛰。

初惊蛰，鹁鸠鸣怒，绿杨风急。

玉炉烟重香罗浥，拂墙浓杏燕支湿。

燕支湿，花梢缺处，画楼人立。

秦楼月

寒食日湖南提举胡元高家席上闻琴。

湘江碧，故人同作湘中客。

湘中客，东风回雁，杏花寒食。

温温月到蓝桥侧，醒心弦里春无极。

春无极，明朝残梦，马嘶南陌。

清平乐

降嵩储昴，仙驭来尘表。

身佩安危人不老，化国风光长好。

功名南北天涯，欢声蛮峤胡沙。

草木何□□露，小春桃李都花。

清平乐

何须轻举，上界多官府。

身似灵光长镇鲁，俯仰人间今古。

　　雨馀帘卷江流，朱颜流映琼舟。

　　不假岗陵□寿，西山低似西楼。

朝中措

　　丙午立春大雪，是岁十二月九日丑时立春。

东风半夜度关山，和雪到阑干。

怪见梅梢未暖，情知柳眼犹寒。

　　青丝菜甲，银泥饼饵，随分杯盘。

　　已把宜春缕胜，更将长命题幡。

朝中措

身闲身健是生涯，何况好年华。

看了十分秋月，重阳更插黄花。

　　消磨景物，瓦盆社酿，石鼎山茶。

　　饱吃红莲香饭，侬家便是仙家。

朝中措

系船沽酒碧帘坊，酒满胜鹅黄。
醉后西园入梦，东风柳色花香。

　　水浮天处，夕阳如锦，恰似鲈乡。
　　中有忆人双泪，几时流到横塘。

朝中措

海棠如雪殿春馀，禽弄晚晴初。
倦客长惭杜宇，佳辰且醉提壶。

　　逍遥放浪，还他渔子，输与樵夫。
　　一棹何时归去，扁舟终要江湖。

朝中措

天容云意写秋光，木叶半青黄。
珍重西风祛暑，轻衫早怯新凉。

　　故人情分，留连病客，孤负清觞。
　　陌上千愁易散，尊前一笑难忘。

朝中措

长年心事寄林扃，尘鬓已星星。

芳意不如水远，归心欲与云平。

留连一醉，花残日永，雨后山明。

从此量船载酒，莫教闲却春情。

眼儿媚

萍乡道中乍晴，卧舆中，困甚，小憩柳塘。

酣酣日脚紫烟浮，妍暖破轻裘。

困人天色，醉人花气，午梦扶头。

春慵恰似春塘水，一片縠纹愁。

溶溶泄泄，东风无力，欲皱还休。

西江月

十月谁云春小，一年两见风娇。

云英此夕度蓝桥，人意花枝都好。

百媚朝天淡粉，六铢步月生绡。

人间霜叶满庭皋，别有东风不老。

西江月

北客开眉乐岁，东君着意华年。
遮风藏雨晚云天，应怕杏梢红浅。

不惜灯前放夜，从教雪后留寒。
水晶帘箔万花钿，听彻南楼晓箭。

西江月

樱笋园林绿暗，槐榆院落清和。
年年高会引笙歌，戏彩人随燕贺。

一笑难逢身健，十分休惜颜酡。
还将瓜枣送金荷，遍照金章满座。

惜分飞

易散浮云难再聚，遮莫相随百步。
谁唤行人去，石湖烟浪渔樵侣。

重别西楼肠断否？多少凄风苦雨。
休梦江南路，路长梦短无寻处。

惜分飞

南浦舟中与江西帅漕酌别，夜后忽大雪。

画戟锦车皆雅故，箫鼓留连客住。

南浦春波暮，难忘罗袜生尘处。

明日船旗应不驻，且唱断肠新句。

卷尽珠帘雨，雪花一夜随人去。

南柯子

槁项诗馀瘦，愁肠酒后柔。

晚凉团扇欲知秋。

卧看明河银影、界天流。

鹤警人初静，虫吟夜更幽。

佳辰只合算花筹。

除了一天风月、更何求。

南柯子

怅望梅花驿，凝情杜若洲。

香云低处有高楼。

可惜高楼、不近木兰舟。

缄素双鱼远，题红片叶秋。

欲凭江水寄离愁。

江已东流、那肯更西流。

南柯子（七夕）

银渚盈盈渡，金风缓缓吹。

晚香浮动五云飞。

月姊妒人、颦尽一弯眉。

短夜难留处，斜河欲淡时。

半愁半喜是佳期。

一度相逢、添得两相思。

浪淘沙

黯淡养花天，小雨能悭。

烟轻云薄有无间。

官柳丝丝都绿遍，犹有春寒。

空翠湿征鞍，马首千山。

多情若是肯俱还。

别有玉杯承露冷*，留共君看。

*玉杯，官舍中牡丹绝品也。

鹧鸪天

休舞银貂小契丹，满堂宾客尽关山。
从今袅袅盈盈处，谁复端端正正看。

模泪易，写愁难，潇湘江上竹枝斑。
碧云日暮无书寄，寥落烟中一雁寒。

鹧鸪天

荡漾西湖采绿蘋，扬鞭南埭衮红尘。
桃花暖日茸茸笑，杨柳光风浅浅颦。

章贡水，郁孤云，多情争似桂江春。
崔徽卷轴瑶姬梦，纵有相逢不是真。

鹧鸪天

嫩绿重重看得成，曲阑幽槛小红英。
酴醾架上蜂儿闹，杨柳行间燕子轻。

春婉娩，客飘零，残花浅酒片时清。
一杯且买明朝事，送了斜阳月又生。

鹧鸪天（雪梅）

压蕊拈须粉作团，疏香辛苦颤朝寒。

271

须知风月寻常见，不似层层带雪看。

春髻重，晓眉弯，一枝斜并缕金幡。

酒红不解东风冻，惊怪钗头玉燕干。

鹧鸪天（席上作）

楼观青红倚快晴，惊看陆地涌蓬瀛。

南园花影笙歌地，东岭松风鼓角声。

山绕水，水萦城，柳边沙外古今情。

坐中更有挥毫客，一段风流画不成。

鹧鸪天

绣户当年瑞气充，紫阳驾鹤下天风。

万山秀色浑钟尽，六月炎光一洗空。

蕉叶满，彩衣重，刻符持节尽人雄。

坐中金母欣馀庆，劝醉周公劝鲁公。

鹊桥仙（七夕）

双星良夜，耕慵织懒，应被群仙相妒。

娟娟月姊满眉颦，更无奈、风姨吹雨。

相逢草草，争如休见，重搅别离心绪。

新欢不抵旧愁多，倒添了、新愁归去。

虞美人（寄人觅梅）

霜馀好探梅消息，日日溪桥侧。

不如君有似梅人，歌里工颦妍笑、两眉春。

疏枝冷蕊风情少，却称衰翁老。

从教来作静中邻，冷淡无言无笑、也无颦。

虞美人

落梅时节冰轮满，何似中秋看。

琼楼玉宇一般明，只为姮娥添了、万枝灯。

锦江城下杯残后，还照鄞江酒。

天东相见说天西，除却衰翁和月、更谁知。

虞美人

玉箫惊报同云重，仍怪金瓶冻。

清明将近雪花翻，不道海棠消瘦、柳丝寒。

玉孙沉醉狨毡幕，谁怕罗衣薄。

烛灯香雾两厌厌，仿佛有人愁损、上眉尖。

虞美人（红木犀）

谁将击碎珊瑚玉，装上交枝粟。

恰如娇小万琼妃，涂罢额黄嫌怕、污燕支。

　　夜深未觉清香绝，风露溶溶月。

　　浦身花影弄凄凉，无限月和风露、一齐香。

玉楼春

佳人无对甘幽独，竹雨松风相澡浴。

山深翠袖自生寒，夜久玉肌元不粟。

　　却寻千树烟江曲，道骨仙风终绝俗。

　　绛裙缟袂各朝元，只有散仙名萼绿。

玉楼春

云横水绕芳尘陌，一万重花春拍拍。

蓝桥仙路不崎岖，醉舞狂歌容倦客。

　　真香解语人倾国，知是紫云谁敢觅。

　　满蹊桃李不能言，分付仙家君莫惜。

醉落魄（元夕）

春城胜绝，暮林风舞催花发。

垂云卷尽添空阔，吹上新年，美满十分月。

红蕖影下勾丝抹，老来牵强随时节。

无人知道心情别，惟有蛾儿，惊见鬓边雪。

醉落魄

马蹄尘扑，春风得意笙歌逐。

款门不问谁家竹，只拣红妆，高处烧银烛。

碧鸡坊里花如屋，燕王宫下花成谷。

不须悔唱关山曲，只为海棠，也合来西蜀。

醉落魄

雪晴风作，松梢片片轻鸥落。

玉楼天半褰珠箔，一笛梅花，吹裂冻云幕。

去年小猎漓山脚，弓刀湿遍犹横槊。

今年翻怕貂裘薄，寒似去年，人比去年觉。

醉落魄

栖乌飞绝，绛河绿雾星明灭。

烧香曳簟眠清樾，花久影吹笙，满地淡黄月。

好风碎竹声如雪，昭华三弄临风咽。

鬘丝撩乱纶巾折，凉满北窗，休共软红说。

临江仙

羽扇纶巾风袅袅，东厢月到蔷薇。

新声谁唤出罗帏。

龙须将笛绕，雁字入筝飞。

陶写中年须个里，留连月扇云衣。

周郎去后赏音稀。

为君持酒听，那肯带春归。

临江仙

万事灰心犹薄宦，尘埃未免劳形。

故人相见似河清。

恰逢梅柳动，高兴逐春生。

卜昼匆匆还卜夜，仍须月堕河倾。

明年我去白鸥盟。

金闺三玉树，好问紫霄程。

临江仙

功行三千宜五福，长生何假金丹。

从教沧海又成田。

琼枝春不老，璧月夜长妍。

上界从来官府满，何妨游戏人间。

年年强健到樽前。

莫辞杯潋滟，君是酒中仙。

蝶恋花

春涨一篙添水面，芳草鹅儿，绿满微风岸。

画舫夷犹湾百转，横塘塔近依前远。

江国多寒农事晚，村北村南，谷雨才耕遍。

秀麦连冈桑叶贱，看看尝面收新茧。

宜男草

篱菊滩芦被霜后，裊长风、万重高柳。

天为谁、展尽湖光渺渺，应为我、扁舟入手。

橘中曾醉洞庭酒，辗云涛、挂帆南斗。

追旧游、不减商山杳杳，犹有人能相记否。

宜男草

舍北烟霏舍南浪，雪倾篱、雨荒薇涨。

问小桥、别后谁过，惟有迷鸟羁雌来往。

重寻山水问无恙，扫柴荆、土花尘网。

留小桃、先试光风，从此芝草琅玕日长。

破阵子（祓禊）

漂泊天隅佳节，追随花下群贤。

只欠山阴修禊帖，却比兰亭有管弦。

舞裙香未渱。

泪竹斑中宿雨，折桐雪里蛮烟。

唤起杜陵饥客恨，人在长安曲水边。

碧云千叠山。

千秋岁（重到桃花坞）

北城南埭，玉水方流汇。

青樾里，红尘外，万桃春不老，双竹寒相对。

回首处，满城明月曾同载。

分散西园盖，消减东阳带。

人事改，花源在，神仙虽可学，功行无过醉。

新酒好，就船况有鱼堪买。

三登乐

一碧鳞鳞，横万里、天垂吴楚。

四无人、橹声自语。

向浮云、西下处，水村烟树。

何处系船，暮涛涨浦。

正江南、摇落后，好山无数。

尽乘流、兴来便去。

对青灯、独自叹，一生羁旅。

敧枕梦寒，又还夜雨。

三登乐

路转横塘，风卷地、水肥帆饱。

眼双明、旷怀浩渺。

问菟裘、无恙否，天教重到。

木落雾收，故山更好。

过溪门、休荡桨，恐惊鱼鸟。

算年来、识翁者少。

喜山林、踪迹在，何曾如扫。

归鬓任霜，醉红未老。

三登乐

今夕何朝，披岫幌、云关重启。

引冰壶、素空似洗。

卷帘中、攲枕上，月星浮水。

天镜夜明，半窗万里。

盼庭柯、都老大，树犹如此。

六年前、转头未几。

唤邻翁、来话旧，同笞新蚁。

秉烛夜阑，又疑梦里。

三登乐

方帽冲寒，重检校、旧时农圃。

荒三径、不知何许。

但姑苏台下，有苍然平楚。

人笑此翁，又来访古。

况五湖、元自有，扁舟祖武。

记沧洲、白鸥伴侣。

叹年来、孤负了，一蓑烟雨。

寂寞暮潮，唤回棹去。

洞仙歌

碧城风物，有湖中天地。

长笑羲娥不停轨。

记蟠桃枝上，金母嗔尝，回首处，还又三千岁矣。

料仙人扪顶，曾授长生，名在云琼赐书里。

懒上郁萧台，应厌高寒，飘然下，赤城游戏。

且山泽留连作臞仙，不要管蓬莱海中尘起。

梦玉人引

送行人去，犹追路、再相觅。

天末交情，长是合堂同席。

从此尊前，便顿然少个，江南羁客。

不忍匆匆，少驻船梅驿。

酒斝虽满，尚少如、别泪万千滴。

欲语吞声，结心相对呜咽。

灯火凄清，笙歌无颜色。

从别后，尽相忘，算也难忘今夕。

梦玉人引

共登临处，飘风袂、倚空碧。

雨卷云飞，长有桂娥看客。

箫鼓生春，遍锦城如画，雪山无色。

一梦才成，恍天涯南北。

舞馀歌罢，料宣华、回首尽陈迹。

万里秦吴，有情应问消息。

我却归耕，如何重来得。

故人若望江南，且折梅花相忆。

满江红

山绕西湖，曾同泛、一篙春绿。

重会面、未温往事，先翻新曲。

劲柏乔松霜雪后，知心惟有孤生竹。

对荒园、犹解两高歌，空惊俗。

人更健，情逾熟；樱共柳，冰和玉。

恐相逢如梦，夜阑添烛。

别后书来空怅望，尊前酒到休拘束。

笑箪瓢、未足已能狂，那堪足。

满江红

天气新晴，寻昨梦，池塘春早。

雨过溷裙，水上柳丝风袅。

却忆去年今日，桃花人面依前好。

怪今年、酒量却添多，银杯小。

　　谁劝我，玉山倒；催细抹，翻新调。

　　渐金狲压锦，喷首云绕。

　　笼柏飞来双翠袖，弓弯内样人间少。

　　为留连、春色伴山翁，都休老。

满江红（冬至）

寒谷春生，熏叶气、玉筒吹谷。

新阳后、便占新岁，吉云清穆。

休把心情关药里，但逢节序添诗轴。

笑强颜、风物岂非痴，终非俗。

　　清昼永，佳眠熟；门外事，何时足。

　　且团栾同社，笑歌相属。

　　着意调停云露酿，从头检举梅花曲。

　　纵不能、将醉作生涯，休拘束。

满江红

始生之日丘宗卿使君携具来为寿，坐中赋词，次韵谢之。

竹里行厨，来问讯、诸侯宾老。
春满座，弹丝未遍，挥毫先了。
云避仁风收雨脚，日随和气薰林表。
向尊前、来访白髯翁，衰何早。

志千里，功名兆；光万丈，文章耀。
洗冰壶胸次，月秋霜晓。
应念一堂尘网暗，故将百和香云绕。
算赏心、清话古来多，如今少。

满江红（雨后携家游西湖，荷花盛开）

柳外轻雷，催几阵、雨丝飞急。
雷雨过、半川荷气，粉融香浥。
弄蕊攀条春一笑，从教水溅罗衣湿。
打梁州、箫鼓浪花中，跳鱼立。

山倒影，云千叠；横浩荡，舟如叶。
有采菱清些，桃根双楫。
忘却天涯漂泊地，尊前不放闲愁入。
任碧筒、十丈卷金波，长鲸吸。

满江红

罨画溪山，行欲遍、风蒲还举。

天渐远、水云初静，柁楼人语。

月色波光看不定，玉虹横卧金鳞舞。

算五湖、今夜只扁舟，追千古。

怀往书，渔樵侣；曾共醉，松江渚。

算今年依旧，一杯沧浦。

宇宙此身元是客，不须怅望家何许。

但中秋、时节好溪山，皆吾土。

满江红

清江风帆甚快，作此，与客剧饮歌之。

千古东流，声卷地、云涛如屋。

横浩渺、樯竿十丈，不胜帆腹。

夜雨翻江春浦涨，船头鼓急风初熟。

似当年、呼禹乱黄川，飞梭速。

击楫誓，空惊俗；休拊髀，都生肉。

任炎天冰海，一杯相属。

荻笋蒌芽新入馔，鹍弦凤吹能翻曲。

笑人间、何处似尊前，添银烛。

水调歌头

细数十年事，十处过中秋。

今年新梦，忽到黄鹤旧山头。

老子个中不浅，此会天教重见，今古一南楼。

星汉淡无色，玉镜独空浮。

敛秦烟，收楚雾，熨江流。

关河离合、南北依旧照清愁。

想见姮娥冷眼，应笑归来霜鬓，空敝黑貂裘。

酾酒问蟾兔，肯去伴沧洲。

水调歌头（燕山九日作）

万里汉家使，双节照清秋。

旧京行遍，中夜呼禹济黄流。

寥落桑榆西北，无限太行紫翠，相伴过芦沟。

岁晚客多病，风露冷貂裘。

对重九，须烂醉，莫牢愁。

黄花为我，一笑不管鬓霜羞。

袖里天书咫尺，眼底关河百二，歌罢此生浮。

惟有平安信，随雁到南州。

水调歌头

万里筹边处，形胜压坤维。

恍然旧观重见，鸳瓦拂参旗。

夜夜东山衔月，日日西山横雪，白羽弄空晖。

人语半霄碧，惊倒路傍儿。

　　分弓了，看剑罢，倚阑时。

　　苍茫平楚无际，千古锁烟霏。

　　野旷岷蟠江动，天阔崤函云拥，太白暝中低。

　　老矣汉都护，却望玉关归。

水调歌头（人日）

元日至人日，未有不阴时。

新年协气，无处人物不熙熙。

万岁声从天下，一札恩随春到，光采动天鸡。

寿域遍寰海，直过雪山西。

　　忆曾预，宣玉册，捧金卮。

　　如今万里，魂梦空绕五云飞。

　　想见大庭宫馆，重起三山楼观，双指赭黄衣。

　　此会古无有，何止古来稀。

念奴娇

双峰叠障，过天风海雨，无边空碧。

月姊年年应好在，玉阙琼宫愁寂。

谁唤痴云，一杯未尽，夜气寒无色。

碧城凝望，高楼缥缈西北。

肠断桂冷蟾孤，佳期如梦，又把阑干拍。

雾鬓风鬟相借问，浮世几回今夕。

圆缺晴阴，古今同恨，我更长为客。

婵娟明夜，尊前谁念南陌。

念奴娇

十年旧事，醉京花蜀酒，万葩千萼。

一棹归来吴下看，俯仰心情今昨。

强倚雕阑，羞簪雪鬓，老恐花枝觉。

揩摩愁眼，雾中相对依约。

闻道家宴团圞，光风转夜，月傍西楼落。

打彻梁州春自远，不饮何时欢乐。

沾惹天香，留连国艳，莫散灯前酌。

袜尘生处，为君重赋河洛。

念奴娇

吴波浮动，看中流翻月，半江金碧。

醉舞空明三万顷，不管姮娥愁寂。

指点琼楼，凭虚有路，鲸背横东极。

水云飘荡，阑干千丈无力。

　　家世回首沧洲，烟波渔钓，有鸱夷仙迹。

　　一笑闲身游物外，来访扁舟消息。

　　天上今宵，人间此地，我是风前客。

　　涛生残夜，鱼龙惊听横笛。

念奴娇

水乡霜落，望西山一寸，修眉横碧。

南浦潮生帆影去，日落天青江白。

万里浮云，被风吹散，又被风吹积。

尊前歌罢，满空凝淡寒色。

　　人世会少离多，都来名利，似蝇头蝉翼。

　　赢得长亭车马路，千古羁愁如织。

　　我辈情钟，匆匆相见，一笑真难得。

　　明年谁健，梦魂飘荡南北。

念奴娇（和徐尉游石湖）

湖山如画，系孤篷柳岸，莫惊鱼鸟。

料峭春寒花未遍，先共疏梅索笑。

一梦三年，松风依旧，萝月何曾老。

邻家相问，这回真个归到。

　　绿鬓新点吴霜，尊前强健，不怕衰翁号。

　　赖有风流车马客，来觅香云花岛。

　　似我粗豪，不通姓字，只要银瓶倒。

　　奔名逐利，乱帆谁在天表。

酹江月

浮生有几，叹欢娱常少，忧愁相属。

富贵功名皆由命，何必区区仆仆。

燕蝠尘中，鸡虫影里，见了还追逐。

山间林下，几人真个幽独。

　　谁似当日严君，故人龙衮，独抱羊裘宿。

　　试把渔竿都掉了，百种千般拘束。

　　两岸烟林，半溪山影，此处无荣辱。

　　荒台遗像，至今嗟咏不足。

木兰花慢（送郑伯昌）

古人吾不见，君莫是、郑当时。

更筑就山房，躬耕谷口，名动京师。

诸公任他衮衮，与杜陵野老共襟期。

有客至门先喜，得钱沽酒何疑。

　　昔年连辔柳边归，陈迹恍难追。

　　况种桃道士，看花才子，回首皆非。

　　相逢故人问讯，道刘郎去久无诗。

　　把做一场春梦，觉来莫要寻思。

水龙吟（寿留守）

仙翁家在丛霄，五云八景来尘表。

黄扉紫闼，化钧高妙，风霆挥扫。

漠北寒烟，峤南和气，笑谈都了。

白玉麟归去，金牛再款。却回首、人间少。

　　天与丹台旧籍，笑苍生、祝公难老。

　　春葩秋叶，暄寒易变，壶天长好。

　　物外新闻，凤歌鸾耋，龙蟠虎绕。

　　想如心高会，寒霜夜永，尽横参晓。

张孝祥

词全集

张孝祥（1132—1169）

字安国，号于湖居士，历阳乌江（今安徽和县）人。二十四岁点状元，历任建康留守、荆南湖北路安抚使等要职。他刚正不阿，曾上疏为岳飞辩冤，主张改革；在地方官任内，严明法纪，锄抑强暴，赈济灾荒。他的文章"如大海之起涛澜，泰山之腾云气"。词更是激昂慷慨，"问道中原父老，常南望翠葆霓旌。使行人到此，忠愤气填膺，有泪如倾。"（《六州歌头》）传说这是他在宴会上的即兴之作，当时主持北伐的张浚读了，百感交集，为之罢席。据说他写词从来不打草稿，"笔酣兴健，顷刻即成"，往往能随意融汇前人的诗句，表达出自己的胸怀，却又不露雕琢堆砌的痕迹。正如他自己在《念奴娇》（过洞庭）一词中所说："尽吸西江，细斟北斗，万象为宾客。"论者谓其上承东坡，下启稼轩，在词坛上有其独特的地位。

目　录

苍梧谣（饯刘恭父）

归，十万人家儿样啼。
公归去，何日是来时。

苍梧谣

归，猎猎熏风飑绣旗。
拦教住，重举送行杯。

苍梧谣

归，数得宣麻拜相时。
秋前后，公衮更莱衣。

如梦令（木犀）

花叶相遮相映，雨过翠明金润。
折得一枝归，满路清香成阵。
风韵，风韵，寄赠绮窗云鬓。

长相思

小楼重，下帘栊，万点芳心绿间红。

秋千图画中。

  草茸茸，柳松松，细卷玻璃水面风。

  春寒依旧浓。

生查子

远山眉黛横，媚柳开青眼。

楼阁断霞明，帘幕春寒浅。

  杯延玉漏迟，烛怕金刀剪。

  明月忽飞来，花影和帘卷。

点绛唇（赠袁立道）

四到蕲州，今年更是逢重九。

应时纳祐，随分开尊酒。

  屡舞婆娑，醉我平生友。

  休回首，世间何有，明月疏疏柳。

点绛唇（饯刘恭父）

绮燕高张，玉潭月丽玻璃满。

旆霞行卷，无复长安远。

夏木阴阴，路袤薰风转。

空留恋，细吹银管，别意随声缓。

点绛唇

萱草榴花，画堂永昼风清暑。

麝团菰黍，助泛菖蒲醑。

兵辟神符，命续同心缕。

宜欢聚，绮筵歌舞，岁岁酬端午。

点绛唇

秩秩宾筵，玉潭春涨玻璃满。

旆霞风卷，可但长安远。

夏木成阴，路袤薰风转。

空留恋，细吹银管，别意随声缓。

浣溪沙（刘恭父席上）

卷旗直入蔡州城，只倚精忠不要兵。

贼营半夜落妖星。

万旅云屯看整暇，十眉环坐却娉婷。

白麻早晚下天庭。

浣溪沙

玉节珠幢出翰林，诗书谋帅眷方深。
威声虎啸复龙吟。

　　我是先生门下士，相逢有酒且教斟。
　　高山流水遇知音。

浣溪沙

绝代佳人淑且真，雪为肌骨月为神。
烛前花底不胜春。

　　倚竹袖长寒卷翠，凌波袜小暗生尘。
　　十分京洛旧家人。

浣溪沙

妙手何人为写真，只难传处是精神。
一枝占断洛城春。

　　暮雨不堪巫峡梦，西风莫障庾公尘。
　　扁舟湖海要诗人。

浣溪沙（瑞香）

腊后春前别一般，梅花枯淡水仙寒。

翠云裘着紫霞冠。

　　仙品只今推第一，清香元不是人间。

　　为君更试小龙团。

浣溪沙（饯郑宪）

宝蜡烧春夜影红，梅花枝傍锦薰笼。

曲琼低卷瑞香风。

　　万里江山供燕几，一时宾主看谈锋。

　　问君归计莫匆匆。

浣溪沙（亲旧蕲口相访）

六客西来共一舟，吴儿踏浪剪轻鸥。

水光山色翠相浮。

　　我欲吹箫明月下，略须停棹晚风头。

　　从前五度到蕲州。

浣溪沙

已是人间不系舟，此心元自不惊鸥。
卧看骇浪与天浮。

　　对月只应频举酒，临风何必更搔头。
　　暝烟多处是神州。

浣溪沙

冉冉幽香解钿囊，兰桡烟雨暗春江。
十分清瘦为萧郎。

　　遥忆牙樯收楚缆，应将玉箸点吴妆。
　　有人萦断九回肠。

浣溪沙

楼下西流水拍堤，楼头日日望春归。
雪晴风静燕来迟。

　　留得梅花供半额，要将杨叶画新眉。
　　莫教辜负早春时。

浣溪沙（去荆州）

方舡载酒下江东，箫鼓喧天浪拍空。
万山紫翠映云重。

　　拟看岳阳楼上月，不禁石首岸头风。
　　作笺我欲问龙公。

浣溪沙（次韵戏马梦山与妓作别）

罗袜生尘洛浦东，美人春梦琐窗空。
眉山蹙恨几千重。

　　海上蟠桃留结子，渥洼天马去追风。
　　不须多怨主人公。

浣溪沙（梦山未释然，再作）

一片西飞一片东，高情已逐落花空。
旧欢休问几时重。

　　结习正如刀舐蜜，扫除须着絮因风。
　　请君持此问庞公。

浣溪沙

鸫鹊楼高晚雪融，鸳鸯池暖暗潮通。
郁金黄染柳丝风。

　油壁不来春草绿，阑干倚遍夕阳红。
　江南山色有无中。

浣溪沙

妒妇滩头十八姨，颠狂无赖占佳期。
唤它滕六把春欺。

　懪憾莺莺并燕燕，恓惶柳柳与梅梅。
　东君独自落便宜。

浣溪沙（洞庭）

行尽潇湘到洞庭，楚天阔处数峰青。
旗梢不动晚波平。

　红蓼一湾纹缬乱，白鱼双尾玉刀明。
　夜凉船影浸疏星。

浣溪沙（坐上十八客）

同是瀛洲册府仙，只今聊结社中莲。
胡笳按拍酒如川。

　　唤起封姨清晚景，更将荔子荐新圆。
　　从今三夜看婵娟。

浣溪沙（用沈约之韵）

细仗春风簇翠筵，烂银袍拂禁炉烟。
旒书名字压宫垣。

　　太学诸生推独步，玉堂学士合登仙。
　　乃翁种德满心田。

浣溪沙（赋微之提刑绣扇）

只说闽山锦绣帏，忽从团扇得生枝。
绉红衫子映丰肌。

　　春线应怜壶漏永，夜针频见烛花摧。
　　尘飞一骑忆来时。

浣溪沙（烟水亭蔡定夫置酒）

滟滟湖光绿一围，修林断处白鸥飞。
天机云锦蘸空飞。

　　乞我百弓真可老，为公一饮醉忘归。
　　扁舟日日弄晴晖。

浣溪沙

晚雨潇潇急做秋，西风掠鬓已飕飕。
烛花明夜酒花浮。

　　醉眼定知非妙赏，□词端为□□留。
　　想君泾渭不同流。

浣溪沙（母氏生辰，老者同在舟中）

稳泛仙舟上锦帆，桃花春浪舞清湾。
寿星相伴到人间。

　　黄石公传三百字，西王母授九霞丹。
　　银潢有路接三山。

浣溪沙（以贡茶、沉水为扬齐伯寿）

北苑春风小凤团，炎州沉水胜龙涎。

殷勤送与绣衣仙。

　　玉食乡来思苦口，芳名久合上凌烟。

　　天教富贵出长年。

浣溪沙

霜日明霄水蘸空，鸣鞘声里绣旗红。

澹烟衰草有无中。

　　万里中原烽火北，一尊浊酒戍楼东。

　　酒阑挥泪向悲风。

浣溪沙（再用韵）

官柳垂垂碧照空，九门深处五云红。

朱衣只在殿当中。

　　细捻丝梢龙尾北，缓携纶旨凤池东。

　　阿婆三五笑春风。

浣溪沙

日暖帘帏春昼长，纤纤玉指动枰床。
低头佯不顾檀郎。

豆蔻枝头双蛱蝶，芙蓉花下两鸳鸯。
壁间闻得唾茸香。

浣溪沙（侑刘恭父别酒）

射策金门记昔年，又交藩翰入陶甄。
不妨衣钵再三传。

粉泪但能添楚竹，罗巾谁解系吴船。
捧杯犹愿小留连。

浣溪沙（过临川席上赋此词）

我是临川旧使君，而今欲作岭南人。
重来辽鹤事犹新。

去路政长仍酷暑，主公交契更情亲。
横秋阁上晚风匀。

浣溪沙（同前）

康乐亭前种此君，重来风月苦留人。

儿童竹马笑谈新。

今代孟□仍好客，政成归去眷方新。

十眉环坐晚妆匀。

浣溪沙

溢浦从君已十年，京江仍许借归船。

相逢此地有因缘。

十万貔貅环武帐，三千珠翠入歌筵。

功成去作地行仙。

霜天晓角

柳丝无力，冉冉萦愁碧。

系我船儿不住，楚江上、晚风急。

棹歌休怨抑，有人离恨极。

说与归期不远，刚不信、泪偷滴。

丑奴儿（张仲钦母夫人寿）

年年有个人生日，谁似君家。

谁似君家，八十慈亲发未华。

　　棠阴阁上棠阴满，满劝流霞。

　　满劝流霞，来岁应添宰路沙。

丑奴儿（张仲钦生日用前韵）

伯鸾德耀贤夫妇，见说宜家。

见说宜家，庭砌森森长玉华。

　　天公遣注长生籍，服日餐霞。

　　服日餐霞，寿纪应须海算沙。

丑奴儿

　　王公泽为予言查山之胜，戏赠。

十年闻说查山好，何日追游。

木落霜秋，梦想云溪不那愁。

　　主人好事长留客，尊酒夷犹。

　　一笑登楼，兴在西峰上上头。

丑奴儿

十分济楚邦之媛，此日追游。
雨霁云收，梦入潇湘不那愁。

　　主人白玉堂中老，曾侍凝旒。
　　满酌琼舟，即上虚皇香案头。

丑奴儿

珠灯璧月年时节，纤手同携。
今夕谁知，自捻梅花劝一卮。

　　逢人问道归来也，日日佳期。
　　管有来时，趁得收灯也未迟。

丑奴儿

无双谁似黄郎子，自郐无讥。
月满星稀，想见歌场夜打围。

　　画眉京兆风流甚，应赋蚍蜉。
　　杨柳依依，何日文箫共驾归。

菩萨蛮（立春）

丝金缕翠幡儿小，裁罗捻线花枝袅。

明日是新春，春风生鬓云。

　　吴霜看点点，愁里春来浅。

　　只愿此花枝，年年长带伊。

菩萨蛮（诸客往赴东邻之集）

庭叶翻翻秋向晚，凉砧敲月催金剪。

楼上已清寒，不堪频倚栏。

　　邻翁开社瓮，唤客情应重。

　　不醉且无归，醉时归路迷。

菩萨蛮

恰则春来春又去，凭谁说与春教住。

与问坐中人，几回迎送春。

　　明年春更好，只怕人先老。

　　春去有来时，愿春长见伊。

菩萨蛮

东风约略吹罗幕，一檐细雨春阴薄。
试把杏花看，湿红娇暮寒。

佳人双玉枕，烘醉鸳鸯锦。
折得最繁枝，暖香生翠帏。

菩萨蛮（赠筝妓）

琢成红玉纤纤指，十三弦上调新水。
一弄入云声，月明天更青。

匆匆莺语嗻，待寓昭君怨。
寄语莫重弹，有人愁倚栏。

菩萨蛮

玉龙细点三更月，庭花影下馀残雪。
寒色到书帏，有人清梦迷。

墙西歌吹好，烛暖香闺小。
多病怯杯觞，不禁冬夜长。

菩萨蛮（登浮玉亭）

江山佳处留行客，醉馀老眼迷空碧。
独倚最高楼，乾坤日夜浮。

微风吹笑语，白日鱼龙舞。
此意忽翩翩，凭虚吾欲仙。

菩萨蛮

雪消墙角收灯后，野梅官柳春全透。
池阁又东风，烛花烧夜红。

一尊苍留好客，敧尽阑干月。
已醉不须归，试听乌夜啼。

菩萨蛮

溶溶花月天如水，阑干小倚东风里。
夜久寂无人，露浓花气清。

悠然心独喜，此意知何意。
不似隐墙东，烛花围坐红。

菩萨蛮（夜坐清心阁）

暗潮清涨蒲塘晚，断云不隔东归眼。

堂上晚风凉，藕花开处香。

　　夜航人不渡，白鹭双飞去。

　　待得月华生，携筇独自行。

菩萨蛮

缥缈飞来双彩凤，雨疏云澹撩清梦。

兰薄未禁秋，月华如水流。

　　采香溪上路，愁满参差树。

　　独倚晚楼风，断霞萦素空。

菩萨蛮

蘼芜白芷愁烟渚，曲琼细卷江南雨。

心事怯衣单，楼高生晚寒。

　　云鬟香雾湿，翠袖凄馀泣。

　　春去有来时，春从沙际归。

菩萨蛮（舣舟采石）

十年长作江头客，樯竿又挂西风席。
白鸟去边明，楚山无数青。

　　倒冠仍落珮，我醉君须醉。
　　试问识君不，青山与白鸥。

菩萨蛮（和州守胡明秀席上）

乳羝属国归来早，知君胆大身犹小。
一节不须论，功名看致君。

　　镇西楼上酒，父老为公寿。
　　更祝太夫人，年年封诏新。

菩萨蛮

胭脂浅染双珠树，东风到处娇无数。
不语恨厌厌，何人思故园。

　　故园花烂熳，笑我归来晚。
　　我老只思归，故园花雨时。

菩萨蛮（与同舍游湖归）

吴波细卷东风急，斜阳半落苍烟湿。
一棹采菱歌，倚栏人奈何。

　　天公怜好客，酒面风吹白。
　　更引十玻璃，月明骑鹤归。

菩萨蛮

冥濛秋夕汙清露，玉绳耿耿银潢注。
永夜滴铜壶，月华楼影孤。

　　佳人纡绝唱，翠幕丛霄上。
　　休劝玉东西，乌鸦枝上啼。

菩萨蛮（林柳州生朝）

史君家枕吴波碧，朱门铺手摇双戟。
也到岭边州，真成汗漫游。

　　归期应不远，趁得东江暖。
　　翁媪雪垂肩，双双平地仙。

菩萨蛮（回文）

落霞残照横西阁，阁西横照残霞落。
波浅戏鱼多，多鱼戏浅波。

  手携行客酒，酒客行携手。
  肠断九歌长，长歌九断肠。

菩萨蛮（回文）

渚莲红乱风翻雨，雨翻风乱红莲渚。
深处宿幽禽，禽幽宿处深。

  澹妆秋水鉴，鉴水秋妆澹。
  明月思人情，情人思月明。

菩萨蛮（回文）

晚花残雨风帘卷，卷帘风雨残花晚。
双燕语虚窗，窗虚语燕双。

  睡醒风惬意，意惬风醒睡。
  谁与话情诗，诗情话与谁。

菩萨蛮（回文）

白头人笑花间客，客间花笑人头白。
年去似流川，川流似去年。

老羞何事好，好事何羞老。
红袖舞香风，风香舞袖红。

减字木兰花（江阴州治漾花池）

佳人绝妙，不惜千金频买笑。
燕姹莺娇，始遣清歌透碧霄。

主人好事，更倒一尊留客醉。
我醉思家，月满南池欲漾花。

减字木兰花

一尊留夜，宝蜡烘帘光激射。
冻合铜壶，细听冰檐夜剪酥。

清愁冉冉，酒唤红潮登玉脸。
明日重看，玉界琼楼特地寒。

减字木兰花

爱而不见，立马章台空便面。
想像娉婷，只恐丹青画不成。

诗人老去，恰要莺莺相伴住。
试与平章，岁晚教人枉断肠。

减字木兰花

阿谁曾见，马上墙阴通半面。
玉立娉婷，一点灵犀寄目成。

明朝重去，人在横溪溪畔住。
乔木千章，摇落霜风只断肠。

减字木兰花（琵琶亭林守、玉倅送别）

江头送客，枫叶荻花秋索索。
弦索休弹，清泪无多怕湿衫。

故人相遇，不醉如何归得去。
我醉忘归，烟满空江月满堤。

减字木兰花（二十六日立春）

春如有意，未接年华春已至。
春事还新，多得年时五日春。

　　春郊便绿，只向腊前春已足。
　　屈指元宵，正是新春二十朝。

减字木兰花（黄坚叟母夫人）

慈闱生日，见说今年年九十。
戏彩盈门，大底孩儿七个孙。

　　人间喜事，只这一般难得似。
　　愿我双亲，都似君家太淑人。

减字木兰花（赠尼师，旧角奴也）

吹箫泛月，往事悠悠休更说。
拍碎琉璃，始觉从前万事非。

　　清斋净戒，休作断肠垂泪债。
　　识破嚣尘，作个逍遥物外人。

减字木兰花

人间奇绝，只有梅花枝上雪。
有个人人，梅样风标雪样新。

芳心不展，嫩绿阴阴愁冉冉。
一笑相看，试荐冰盘一点酸。

减字木兰花

枷花搦柳，知道东君留意久。
惨绿愁红，憔悴都因一夜风。

轻狂蝴蝶，拟欲扶持心又怯。
要免离披，不告东君更告谁。

卜算子

雪月最相宜，梅雪都清绝。
去岁江南见雪时，月底梅花发。

今岁早梅开，依旧年时月。
冷艳孤光照眼明，只欠些儿雪。

卜算子

万里去担簦，谁识新丰旅。

好事些儿说与郎，奴是姮娥侣。

　　若到广寒宫，但道奴传语。

　　待我仙郎折桂枝，拣个高枝与。

卜算子

风生杜若洲，日暮垂杨浦。

行到田田乱叶边，不见凌波女。

　　独自倚危栏，欲向荷花语。

　　无奈荷花不应人，背立啼红雨。

诉衷情（中秋不见月）

晚烟斜日思悠悠，西北有高楼。

十分准拟明月，还似去年游。

　　飞玉斝，卷琼钩，唤新愁。

　　姮娥贪共，暮雨朝云，忘了中秋。

诉衷情（牡丹）

乱红深紫过群芳，初欲减春光。

花王自有标格，尘外锁韶阳。

留国艳，问仙乡，自天香。

翠帷遮日，红烛通宵，与醉千场。

好事近（木犀）

一朵木犀花，珍重玉纤新摘。

插向远山深处，占十分秋色。

满园桃李闹春风，漫红红白白。

争似淡妆娇面，伴蓬莱仙客。

好事近（冰花）

万瓦雪花浮，应是化工融结。

仍看牡丹初绽，有层层千叶。

镂冰剪水更鲜明，说道真奇绝。

来报主人佳兆，庆我公还阙。

锦园春

醉痕潮玉，爱柔英未吐，露花如簇。

绝艳矜春，分流芳金谷。

风梳雨沐，偏只欠、夜阑清淑。

杜老情疏，黄州恨冷，谁怜幽独。

清平乐（殿庐有作）

光尘扑扑，宫柳低迷绿。

斗鸭阑干春诘曲，帘额微风绣蹙。

碧云青翼无凭，困来小倚银屏。

楚梦未禁春晚，黄鹂犹自声声。

清平乐（杨侯书院闻酒所奏乐）

油幢画戟，玉铉调春色。

勋阀诸郎俱第一，风流前辈敌。

玉人双鞚华骢，翠云深处逍遥。

有客留君东阁，时闻风下笙箫。

清平乐（梅）

吹香嚼蕊，独立东风里。

玉冻云娇天似水，羞杀夭桃秾李。

　　如今见说阑干，不禁月冷霜寒。

　　垄上驿程人远，楼头戍角声干。

清平乐（寿叔父）

英姿慷慨，独立风尘外。

湖海平生豪气在，行矣云龙际会。

　　充庭兰玉森森，一觞共祝修龄。

　　此地去天尺五，明年持橐西清。

清平乐

向来省户，谋国参伊吕。

暂借良筹非再举，谈笑肃清三楚。

　　良辰上客徜徉，奏篇犹记传香。

　　此日一尊相属，它时同在岩廊。

忆秦娥（元夕）

元宵节，凤楼相对鳌山结。

鳌山结，香尘随步，柳梢微月。

多情又把珠帘揭，游人不放笙歌歇。

笙歌歇，晓烟轻散，帝城宫阙。

忆秦娥

天一角，南枝向我情如昨。

情如昨，水寒烟淡，雾轻云薄。

吹花嚼蕊愁无托，年华冉冉惊离索。

惊离索，倩春留住，莫教摇落。

画堂春（上老母寿）

蟠桃一熟九千年，仙家春色无边。

画堂日暖卷非烟，昼永风妍。

看取疏封汤沐，何妨频棹觥船。

方瞳绿发对儒仙，岁岁尊前。

桃源忆故人

朔风弄月吹银霰，帘幕低垂三面。

酒入玉肌香软，压得寒威敛。

檀槽乍捻么丝慢，弹得相思一半。

不道有人肠断，犹作声声颤。

眼儿媚

晓来江上荻花秋，做弄个离愁。

半竿残日，两行珠泪，一叶扁舟。

须知此去应难遇，直待醉方休。

如今眼底，明朝心上，后日眉头。

柳梢青（饯别蒋德施、粟子求诸公）

重阳时节，满城风雨，更催行色。

陇树寒轻，海山秋老，清愁如织。

一杯莫惜留连，我亦是、天涯倦客。

后夜相思，水长山远，东西南北。

柳梢青（元宵何高士说京师旧事）

今年元夕，探尽江梅，都无消息。

草市梢头，柳庄深处，雪花如席。

　　一尊邻里相过，也随分、移时换节。

　　玉辇端门，红旗夜市，凭君休说。

柳梢青（探梅）

溪南溪北，玉香消尽，翠娇无力。

月淡黄昏，烟横清晓，都无消息。

　　无聊更绕空枝，断魂远、重招怎得。

　　驿使归来，戍楼吹断，空成凄恻。

柳梢青

草底蛩吟，烟横水际，月澹松阴。

荷动香浓，竹深凉早，销尽烦襟。

　　发稀浑不胜簪，更客里、吴霜暗侵。

　　富贵功名，本来无意，何况如今。

　　〔一作袁去华词〕

柳梢青

碧云风月无多，莫被名缰利锁。

白玉为年，黄金作印，不恋休呵。

　　争如对酒当歌，人是人非恁么。

　　年少甘罗，老成吕望，必竟如何。

燕归梁

风柳摇丝花缠枝，满目韶辉。

离鸿过尽伯劳飞，都不似、燕来归。

　　旧来王谢堂前地，情分独依依。

　　画梁雕拱启朱扉，看双舞、羽人衣。

西江月

问讯湖边春色，重来又是三年。

东风吹我过湖船，杨柳丝丝拂面。

　　世路如今已惯，此心到处悠然。

　　寒光亭下水如天，飞起沙鸥一片。

西江月

风定滩声未已，雨来篷底先知。

岸边杨柳最怜伊，忆得船儿曾系。

　　湖雾平吞白塔，茅檐自有青旗。

　　三杯村酒醉如泥，天色寒呵且睡。

西江月

冉冉寒生碧树，盈盈露湿黄花。

故人玉节有光华，高会仍逢戏马。

　　万事只今如梦，此身到处为家。

　　与君相遇更天涯，拼了茱萸醉把。

西江月（张钦夫寿）

诸老何烦荐口，先生自简渊衷。

千年圣学有深功，妙处无非日用。

　　已授一编圯下，却须三顾隆中。

　　鸿钧早晚转春风，我亦从君贾勇。

西江月（代五三弟为老母寿）

慈母行封大国，老仙早上蓬山。
天怜阴德遍人间，赐与还丹七返。

　　莫问清都紫府，长教绿鬓朱颜。
　　年年今日彩衣斑，兄弟同扶酒盏。

西江月

　　蕲倅李君达才，当靖康、建炎之间，以诸生起兵河东，
　　屡摧强敌，盖未知其事，得为感叹，赋此。

不识平原太守，向来水北山人。
世间功业谩亏成，华发萧萧满镜。

　　幸有田园故里，聊分风月江城。
　　西湖西畔晚波平，袖手时来照影。

西江月

楼外疏星印水，楼头画烛烘帘。
凭高举酒恨厌厌，征路虚无指点。

　　酒义因君开阔，山容问我增添。
　　一钩新月弄纤纤，浓雾花房半敛。

西江月（阻风三峰下）

满载一船秋色，平铺十里湖光。

波神留我看斜阳，放起鳞鳞细浪。

　　明日风回更好，今宵露宿何妨。

　　水晶宫里奏霓裳，准拟岳阳楼上。

西江月（桂州同僚饯别）

窗户青红尚湿，主人已作归期。

坐中宾客尽邹枚，盛事它年应记。

　　别酒深深但劝，离歌缓缓休催。

　　扁舟明日转清溪，好月相望千里。

西江月

　　以隋索靖小字法华经及古器为老人寿。

汉铸九金神鼎，隋书小字莲经。

罡风劫火转青冥，护守应烦仙圣。

　　昨梦归来帝所，今朝寿我亲庭。

　　只将此宝伴长生，谈笑中原底定。

西江月

　　饮百花亭，为武夷枢密先生作。亭望庐山双剑峰，为
　　恶竹所蔽，是夕尽伐去。

落日镕金万顷，晴岚洗剑双锋。

紫枢元是黑头公，佳处因君愈重。

　　分得湖光一曲，唤回庐岳千峰。

　　清尊今夜偶然同，早晚商岩有梦。

西江月（为枢密太夫人寿）

畴昔通家事契，只今两镇交承。

起居枢密太夫人，绿鬓斑衣相映。

　　乞得神仙九酝，祝教福禄千春。

　　台星直上寿星明，长见门阑鼎盛。

西江月

十里轻红自笑，两山浓翠相呼。

意行着脚到精庐，借我绳床小住。

　　解饮不妨文字，无心更狎鸥鱼。

　　一声长啸暮烟孤，袖手西湖归去。

南歌子

俭德仁诸族，阴功格上清。

焚香扫地夜朝真，看取名花浮玉、鉴齐精。

　　宝篆融融满，□流细细倾。

　　双亲俱寿八千龄，却捧紫皇飞诏、上蓬瀛。

　　〔一作宋张国安词〕

南歌子（仲弥性席上）

曾到蕲州不，人人说使君。

使君才具合经纶，小试边城、早晚上星辰。

　　佳节重阳近，清歌午夜新。

　　举杯相属莫辞频，后日相思、我已是行人。

南歌子（赠吴伯承）

人物羲皇上，诗名沈谢间。

漫郎元自谩为官，醉眼瞢腾只拟、看湘山。

　　小隐今成趣，邻翁独往还。

　　野堂梅柳尚春寒，且趁华灯、频泛酒船宽。

南歌子（过严关）

路尽湘江水，人行瘴雾间。

昏昏西北度严关，天外一簪初见、岭南山。

　　北雁连书断，秋霜点鬓斑。

　　此行休问几时还，唯拟桂林佳处、过春残。

　　〔一作向滈词〕

望江南（赠谈献可）

谈子醉，独立睨东风。

未试玉堂挥翰手，只今楚泽钓鱼翁。

万事举杯空。

　　谋一笑，一笑与君同。

　　身老南山看射虎，眼高四海送飞鸿。

　　赤岸晚潮通。

望江南（南岳铨德观作）

朝元去，深殿扣瑶钟。

天近月明黄道冷，参回斗转碧宵空。

身在九光中。

　　风露下，环佩响丁东。

玉案烧香萦翠凤，松坛移影动苍龙。

归路海霞红。

浪淘沙

琪树间瑶林，春意深深。

梅花还被晓寒禁。

竹里一枝斜向我，欲诉芳心。

　　楼外卷重阴，玉界沉沉。

　　何人低唱醉泥金。

　　掠水飞来双翠碧，应寄归音。

浪淘沙

溪练写寒林，云重烟深。

楼高风恶酒难禁。

徙倚阑干谁共语，江上愁心。

　　清兴满山阴，鸿断鱼沉。

　　一书何啻直千金。

　　独抚瑶徽弦欲断，凭寄知音。

鹧鸪天（上元设醮）

咏彻琼章夜向阑，天移星斗下人间。

九光倒景腾青简，一气回春绕绛坛。

　　瞻北阙，祝南山，遥知仙仗簇清班。

　　何人曾侍传柑宴，翡翠帘开识圣颜。

鹧鸪天

子夜封章扣紫清，五霞光里佩环声。

驿传风火龙鸾舞，步入烟宵孔翠迎。

　　瑶简重，羽衣轻，金童双引到通明。

　　三湘五管同民乐，万岁千秋与帝龄。

鹧鸪天

忆昔追游翰墨场，武夷仙伯较文章。

琅函奏号银台省，毡笔书名御苑墙。

　　经十载，过三湘，横楣丽锦照传觞。

　　醉馀吐出胸中墨，只欠彭宣到后堂。

鹧鸪天

月地云阶欢意阑，仙姿不合住人间。

骖鸾已恨车尘远，泣凤空馀烛影残。

　　情脉脉，泪珊珊，梅花音信隔关山。

　　只应楚雨清留梦，不那吴霜绿易斑。

鹧鸪天

　　提刑仲钦行部万里，阅四月而后来归，辄成，为太夫
　　人寿。

去日清霜菊满丛，归来高柳絮缠空。

长驱万里山收瘴，径度层波海不风。

　　阴德遍，岭西东，天教慈母寿无穷。

　　遥知今夕称觞处，衣彩还将衣绣同。

鹧鸪天（为老母寿）

阿母蟠桃不记春，长沙星里寿星明。

金花罗纸新裁诏，贝叶旁行别授经。

　　同犬子，祝龟龄，天教二老鬓长青。

　　明年今日称觞处，更有孙枝满谢庭。

鹧鸪天（赠钱横州子山）

舞凤飞龙五百年，尽将锦绣裹山川。

王家券册诸孙嗣，主第笙歌故国传。

居玉铉，拥金蝉，只今门户庆蝉联。

君侯合侍明光殿，且作横槎海上仙。

鹧鸪天（饯刘恭父）

浴殿西头白玉堂，湘江东畔碧油幢。

北辰躔次瞻星象，南国山川解印章。

随步武，谢恩光，送公归趣舍人装。

它年若肯传衣钵，今日应须醻寿觞。

鹧鸪天（淮西为老人寿）

昼得游嬉夜得眠，农桑欲遍楚山川。

问看百姓知公否，馀子纷纷定不然。

思主眷，酌民言，与民称寿拜公前。

只将心与天通处，合住人间五百年。

鹧鸪天（饯刘恭父）

割镫难留乘马东，花枝争看袅长红。

衮衣空使斯民恋，绿竹谁歌入相同。

回武事，致年丰，几多遗爱在湘中。

须知楚水枫林下，不似初闻长乐钟。

鹧鸪天（平国弟生日）

楚楚吾家千里驹，老人心事正关渠。

风流合是阶除玉，爱惜真成掌上珠。

纡彩绶，荐芳壶，老人还醉弟兄扶。

问将何物为儿寿，付与家传万卷书。

鹧鸪天（荆州别同官）

又向荆州住半年，西风催放五湖船。

来时露菊团金颗，去日池荷叠绿钱。

斟别酒，扣离弦，一时宾从最多贤。

今宵拚醉花迷坐，后夜相思月满川。

鹧鸪天

忆昔彤庭望日华，匆匆枯笔梦生花。

郁轮袍曲惭新奏，风送银湾犯斗槎。

　追往事，甫新瓜，飞莲何事及兰麻。

　一江湘水流馀润，十里河堤筑浅沙。

鹧鸪天

瞻跸门前识个人，柳眉桃脸不胜春。

短襟衫子新来棹，四直冠儿内样新。

　秋色净，晓妆匀，不知何事在风尘。

　主翁若也怜幽独，带取妖娆上玉宸。

鹧鸪天 (咏桃菊花)

桃换肌肤菊换妆，只疑春色到重阳。

偷将天上千年艳，染却人间九日黄。

　新艳冶，旧风光，东篱分付武陵香。

　尊前醉眼空相顾，错认陶潜是阮郎。

鹧鸪天（送陈倅正字摄峡州）

人物风流册府仙，谁教落魄到穷边。
独班未引甘泉伏，三峡先寻上水船。

斟楚酒，扣湘弦，竹枝歌里意凄然。
明时合下清猿泪，闲日须题彩凤笺。

鹧鸪天

可意黄花人不知，黄花标格世间稀。
园葵泄露迎朝日，槛菊迎霜媚夕霏。

芍药好，是金丝，绿藤红刺引蔷薇。
姚家别有神仙品，似着天香染御衣。

鹧鸪天（春情）

日日青楼醉梦中，不知楼外已春浓。
杏花未遇疏疏雨，杨柳初摇短短风。

扶画鹢，跃花骢，涌金门外小桥东。
行行又入笙歌里，人在珠帘第几重。

虞美人（赠卢坚叔）

卢敖夫妇骖鸾侣，相敬如宾主。

森然兰玉满尊前，举案齐眉乐事、看年年。

我家白发双垂雪，已是经年别。

今宵归梦楚江滨，也学君家儿子、寿吾亲。

虞美人（代季弟寿老人）

雪花一尺江南北，薪尽炊无粟。

老仙活国试刀圭，十万人家生意、与春回。

天公一笑酬阴德，赐与长生籍。

今朝雪霁寿尊前，看我双亲都是、地行仙。

虞美人（无为作）

雪消烟涨清江浦，碧草春无数。

江南几树夕阳红，点点归帆吹尽、晚来风。

楼头自撼昭华管，我已无肠断。

断行双雁向人飞，织锦回文空在，寄它谁。

虞美人

溪西竹榭溪东路，溪上山无数。

小舟却在晚烟中，更看萧萧微雨、打疏篷。

无聊情绪如中酒，此意君知否。

年时曾向此中行，有个人人相对，坐调筝。

虞美人

柳梢梅萼春全未，谁会伤春意。

一年好处是新春，柳底梅边只欠、那人人。

凭春约住梅和柳，略待些时候。

锦帆风送彩舟来，却遣香苞娇叶、一齐开。

虞美人

罗衣怯雨轻寒透，陡做伤春瘦。

个人无奈语佳期，徙倚黄昏池阁、等多时。

当初不似休来好，来后空烦恼。

倩人传语更商量，只得千金一笑、也甘当。

虞美人

清宫初入韶华管，宫叶秋声满。

满庭芳草月婵娟，想见明朝喜色、动天颜。

持杯满劝龙头客，荣遇时难得。

词源三峡泻瞿塘，便是醉中空去、也无妨。

南乡子

送朱元晦行，张钦夫、邢少连同集。

江上送归船，风雨排空浪拍天。

赖有清尊浇别恨，凄然，宝蜡烧花看吸川。

楚舞对湘弦，暖响围春锦帐毡。

坐上定知无俗客，俱贤，便是朱张与少连。

鹊桥仙（邢少连送末利）

北窗凉透，南窗月上，浴罢满怀风露。

不知何处有花来，但怪底、清香无数。

炎州珍产，吴儿未识，天与幽芳独步。

冰肌玉骨岁寒时，倩闲止*，堂中留住。

*闲止，少连堂名。

鹊桥仙（落梅）

吹香成阵，飞花如雪，不那朝来风雨。

可怜无处避春寒，但玉立、仙衣数缕。

清愁万斛，柔肠千结，醉里一时分付。

与君不用叹飘零，待结子、成阴归去。

鹊桥仙

横波滴素，遥山蹙翠，江北江南肠断。

不知何处驭风来，云雾里、钗横鬓乱。

香罗叠恨，蛮笺写意，付与瑶台女伴。

醉时言语醒时羞，道醒了、休教再看。

鹊桥仙（平国弟生日）

湘江东畔，去年今日，堂上簪缨罗绮。

弟兄同拜寿尊前，共一笑、欢欢喜喜。

渚宫风月，边城鼓角，更好亲庭一醉。

醉时重唱去年词，愿来岁、强如今岁。

鹊桥仙（以酒果为黄子默寿）

南州名酒，北园珍果，都与黄香为寿。
风流文物是家传，睨血指、旁观袖手。

东风消息，西山爽气，总聚君家户牖。
旧时曾识玉堂仙，在帝所、频开荐口。

鹊桥仙（戏赠吴伯承侍儿）

明珠盈斗，黄金作屋，占了湘中秋色。
金风玉露不胜情，看天上、人间今夕。

枝头一点，琴心三叠，算有诗名消得。
野堂从此不萧疏，问何日、尊前唤客。

鹊桥仙（别立之）

黄陵庙下，送君归去，上水船儿一只。
离歌声断酒杯空，容易里、东西南北。

重湖风月，九秋天气，冉冉清愁如织。
我家住在楚江滨，为频寄、双鱼素尺。

鹊桥仙（为老人寿）

东明大士，吾家老子，是一元知非二。

共携甘雨趁生朝，做万里、丰年欢喜。

　　司空山上，长沙星里，乞与无边祥瑞。

　　仙家日月镇常春，笑人说、长生久视。

瑞鹧鸪

香佩潜分紫绣囊，野塘波急折鸳鸯。

春风灞岸空回首，落日西陵更断肠。

　　雪下哦诗怜谢女，花间为令胜潘郎。

　　从今千里同明月，再约圆时拜夜香。

醉落魄

轻黄澹绿，可人风韵闲装束。

多情早是眉峰蹙。

一点秋波，闲里觑人毒。

　　桃花庭院光阴速，铜鞮谁唱大堤曲。

　　归时想是樱桃熟。

　　不道秋千，谁伴那人蹴。

夜游宫（句景亭）

听话危亭句景，芳郊迥、草长川永。

不待崇冈与峻岭。

倚栏杆，望无穷，心已领。

万事浮云影，最旷阔、鹭闲鸥静。

好是炎天烟雨醒。

柳阴浓，芰荷香，风日冷。

踏莎行

杨柳东风，海棠春雨，清愁冉冉无来处。

曲径惊飞蛱蝶丛，回塘冻湿鸳鸯侣。

舞彻霓裳，歌残金缕，蘼芜白芷愁烟渚。

不识阳台梦里云，试听华表归来语。

踏莎行

长沙牡丹花极小，戏作此词，并以二枝为伯承、钦夫诸兄一觞之荐。

洛下根株，江南栽种，天香国色十金重。

花边三阁建康春，风前十里扬州梦。

油壁轻车，青丝短鞚，看花日日催宾从。

而今何许定王城，一枝且为邻翁送。

踏莎行（荆南作）

旋葺荒园，初开小径，物华还与东风竞。

曲槛晖晖落照明，高城冉冉孤烟暝。

柳色金寒，梅花雪静，道人随处成幽兴。

一杯不惜小淹留，归期已理沧浪艇。

踏莎行

万里扁舟，五年三至，故人相见尤堪喜。

山阴乘兴不须回，毗耶问疾难为对。

不药身轻，高谈心会，匆匆我又成归计。

它时江海肯相寻，绿蓑青蒻看清贵。

踏莎行（五月十三日月甚佳）

藕叶池塘，榕阴庭院，年时好月今宵见。

云鬟玉臂共清寒，冰绡雾縠谁裁剪。

扑粉□绵，侵尘宝扇，遥知掩抑成凄怨。

去程何许是归程，离觞为我深深劝。

踏莎行（送别刘子思）

古屋丛祠，孤舟野渡，长年与客分携处。
漠漠愁阴岭上云，萧萧别意溪边树。

　　我已北归，君方南去，天涯客里多岐路。
　　须君早出瘴烟来，江南山色青无数。

踏莎行（寿黄坚叟饼以送行）

时雨初晴，诏书随至，邦人父老为君喜。
十年江海始归来，祥曦殿里挽班对。

　　日月开明，风云感会，切须稳上平戎计。
　　天教慈母寿无穷，看君黄发腰金贵。

踏莎行（为朱漕寿）

桂岭南边，湘江东畔，三年两见生申旦。
知君心地与天通，天教仙骨年年换。

　　趁此秋风，乘槎霄汉，看看黄纸书来唤。
　　但令丹鼎汞频添，莫辞酒盏春无算。

临江仙

试问梅花何处好，与君藉草携壶。

西园清夜片尘无。

一天云破碎，两树玉扶疏。

　　谁撅昭华吹古怨，散花便满衣裾。

　　只疑幽梦在清都。

　　星稀河影转，霜重月华孤。

临江仙

试问宜楼楼下竹，年来应长新篁。

使君五岭又三湘。

旧游知好在，熟处更难忘。

　　尚念论心舒啸否，只今湖海相望。

　　遥怜阴过酒尊凉。

　　举觞须酹我，门外是清江。

临江仙

罨画楼前初立马，隔帘笑语相亲。

铅华洗尽见天真。

衫儿轻罩雾，髻子直梳云。

翠叶银丝簪末利，樱桃澹注香唇。

见人不语解留人。

数杯愁里酒，两眼醉时春。

蝶恋花（行湘阴）

漠漠飞来双属玉，一片秋光，染就潇湘绿。

雪转寒芦花薮薮，晚风细起波纹縠。

 落日闲云归意促，小倚蓬窗，写作思家曲。

 过尽碧湾三十六，扁舟只在滩头宿。

蝶恋花（怀于湖）

恰则杏花红一树，捻指来时，结子青无数。

漠漠春阴缠柳絮，一天风雨将春去。

 春到家山须小住，芍药樱桃，更是寻芳处。

 绕院碧莲三百亩，留春伴我春应许。

蝶恋花（送刘恭父）

画戟游闲刀入鞘，安石榴花，影落红栏小。

似劝先生须饮醨，枕中鸿宝微传妙。

衮衮锋车还急诏，满眼潇湘，总是恩波渺。

归去槐庭思楚峤，觚棱月晓期分照。

蝶恋花（送姚主管横州）

君泛仙槎银海去，后日相思，地角天涯路。

草草杯盘深夜语，冥冥四月黄梅雨。

莫拾明珠并翠羽，但使邦人，爱我如慈母。

待得政成民按堵，朝天衣袂翩翩举。

蝶恋花（秦乐家赏花）

烂烂明霞红日暮，艳艳轻云，皓月光初吐。

倾国倾城恨无语，彩鸾祥凤来还去。

爱花常为花留住，今岁风光，又是前春处。

醉倒扶归也休诉，习池人笑山翁语。

定风波

铃索声干夜未央，曲阑花影步凄凉。

莫道岭南冬更暖，君看，梅花如雪月如霜。

见说墙西歌吹好，玉人扶坐劝飞觞。

老子婆娑成独冷，谁省，自挑寒灺自添香。

渔家傲

红白莲不可并栽，用酒盆种之，遂皆有花，呈周倅。

红白莲房生一处，雪肌霞艳难为喻。

当是神仙来紫府。

双禀赋，人间相见犹相妒。

清雨轻烟凝态度，风标公子来幽鹭。

欲遣微波传尺素。

歌曲误，醉中自有周郎顾。

天仙子

三月灞桥烟共雨，拂拂依依飞到处。

雪球轻扬弄精神，扑不住，留不住。

常系柔肠千万缕。

只恐舞风无定据，容易着人容易去。

肯将心绪向才郎，待拟处，终须与。

作个罗帏收拾取。

青玉案（饯别刘恭父）

红尘冉冉长安路，看风度、凝然去。

唱彻阳关留不住。

甘棠庭院，芰荷香渚，尽是相思处。

龟鱼从此谁为主，好记江湖断肠句。

万斛离愁休更诉。

洞庭烟棹，楚楼风露，去作为霖雨。

青玉案（送频统辖行）

相春堂上闻莺语，正花柳、芳菲处。

有底尊前欢且舞。

满堂宾客，紫泥丹诏，衮衮烟霄路。

君王天纵资仁武，要尺箠、平骄虏。

思得英雄亲驾驭。

将军行矣，九重虚宁，谈笑清寰宇。

拾翠羽

春入园林，花信总诸迟速。

听鸣禽、稍迁乔木。

夭桃弄色，海棠芬馥。

风雨霁，芳径草心频绿。

禊事才过，相次禁烟追逐。

想千岁、楚人遗俗。

青旗沽酒，各家炊熟。

良夜游，明月胜烧花烛。

风入松（蜡梅）

玉妃孤艳照冰霜，初试道家妆。

素衣嫌怕姮娥妒，染成宫样鹅黄。

宫额娇涂飞燕，缕金愁立秋娘。

湘罗百濯蹙香囊，蜜露缀琼芳。

蔷薇水蘸檀心紫，郁金薰染浓香。

萼绿轻移云袜，华清低舞霓裳。

蓦山溪（和清虚先生皇甫坦韵）

清都绛阙，我自经行惯。

璧月带珠星，引钧天、笙箫不断。

宝簪瑶珮，玉立拱清班，

天一笑，物皆春，结得清虚伴。

还丹九转，凡骨亲曾换。

携剑到人间，偶相逢，依然青眼。

狂歌醉舞，心事有谁知，

明月下，好风前，相对纶巾岸。

蓦山溪

雄风豪雨，时节清明近。

帘幕起轻寒，暖红炉，笑翻灰烬。

阴藏迟日，欲验几多长，

绣工慵，围棋倦，香篆频销印。

　　茂林芳径，绿变红添润。

　　桃杏意酣酣，占前头、一番花信。

　　华堂尊酒，但作艳阳歌，

　　禽声喜，流云尽，明日春游俊。

醉蓬莱（为老人寿）

问人间荣事，海内高名，似今谁比。

脱屣归来，眇浮云富贵，

致远钩深，乐天知命，且从容阅世。

火候周天，金文满义，从来活计。

　　有酒一尊，有棋一局，少日亲朋，旧家邻里。

　　世故纷纭，但蚊虻过耳。

　　解愠薰风，做凉梅雨，又一般天气。

　　曲几蒲团，纶巾羽扇，年年如是。

满江红

秋满蘋皋，烟芜外，吴山历历。

风乍起、兰舟不住，浪花摇碧。

离岸橹声惊渐远，盈襟泪颗凄犹滴。

问此情，能有几人知，新相识。

追往事，欢连夕；经旧馆，人非昔。

把轻颦浅笑，细思重忆。

红叶题诗谁与寄，青楼薄幸空遗迹。

但长洲、茂苑草萋萋，愁如织。

满江红（于湖怀古）

千古凄凉，兴亡事、但悲陈迹。

凝望眼、吴波不动，楚山丛碧。

巴滇绿骏追风远，武昌云旆连江赤。

笑老奸、遗臭到如今，留空壁。

边书静，烽烟息；通轺传，销锋镝。

仰太平天子，坐收长策。

蹙踏扬州开帝里，渡江天马龙为匹。

看东南、佳气郁葱葱，传千亿。

满江红（思归寄柳州）

秋满漓源，瘴云净，晓山如簇。

动远思、空江小艇，高丘乔木。

策策西风双鬓底，晖晖斜日朱栏曲。

试侧身、回首望京华，迷南北。

　　思归梦，天边鹄；游宦事，蕉中鹿。

　　想一年好处，砌红堆绿。

　　罗帕分柑霜落齿，冰盘剥芡珠盈掬。

　　倩春纤、缕鲙捣香齑，新笋熟。

水调歌头（为总得居士寿）

隆叶三顾客，圮上一编书。

英雄当日感会，馀事了寰区。

千载神交二子，一笑眇然兹世，却愿驾柴车。

长忆淮南岸，耕钓混樵渔。

　　忽扁舟，凌骇浪，到三吴。

　　纶巾羽扇容与，争看列仙儒。

　　不为莼鲈笠泽，便挂衣冠神武，此兴渺江湖。

　　举酒对明月，高曳九霞裾。

水调歌头（凯歌上刘恭父）

狸鬼啸篁竹，玉帐夜分弓。

少年荆楚剑客，突骑锦襜红。

千里风飞雷厉，四校星流彗扫，萧斧锉春葱。

淡笑青油幕，日奏捷书同。

　　诗书帅，黄阁老，黑头公。

　　家传鸿宝秘略，小试不言功。

　　闻道玺书频下，看即沙堤归去，帷幄且从容。

　　君王自神武，一举朔庭空。

水调歌头（泛湘江）

濯足夜滩急，晞发北风凉。

吴山楚泽行遍，只欠到潇湘。

买得扁舟归去，此事天公付我，六月下沧浪。

蝉蜕尘埃外，蝶梦水云乡。

　　制荷衣，纫兰佩，把琼芳。

　　湘妃起舞一笑，抚瑟奏清商。

　　唤起九歌忠愤，拂拭三闾文字，还与日争光。

　　异遣儿辈觉，此乐未渠央。

水调歌头（金山观月）

江山自雄丽，风露与高寒。

寄声月姊，借我玉鉴此中看。

幽壑鱼龙悲啸，倒影星辰摇动，海气夜漫漫。

涌起白银阙，危驻紫金山。

　　表独立，飞霞珮，切云冠。

　　漱冰濯雪，眇视万里一毫端。

　　回首三山何处，闻道群仙笑我，要我欲俱还。

　　挥手从此去，翳凤更骖鸾。

水调歌头（汪德邵无尽藏）

淮楚襟带地，云梦泽南州。

沧江翠壁佳处，突兀起红楼。

凭仗使君胸次，与问老仙何在，长啸俯清秋。

试遣吹箫看，骑鹤恐来游。

　　欲乘风，凌万顷，泛扁舟。

　　山高月小，霜露既降，凛凛不能留。

　　一吊周郎羽扇，尚想曹公横槊，兴废两悠悠。

　　此意无尽藏，分付水东流。

水调歌头（隐静山观雨）

青嶂度云气，幽壑舞回风。

山神助我奇观，唤起碧霄龙。

电掣金蛇千丈，雷震灵鼍万叠，汹汹欲崩空。

尽泻银潢水，倾入宝莲宫。

坐中客，凌积翠，看奔洪。

人间应失匕箸，此地独从容。

洗了从来尘垢，润及无边焦槁，造物不言功。

天宇忽开霁，日在五云东。

水调歌头（桂林集句）

五岭皆炎热，宜人独桂林。

江南驿使未到，悔蕊破春心。

繁会九衢三市，缥缈层楼杰观，雪片一冬深。

自是清凉国，暮遣瘴烟侵。

江山好，青罗带，碧玉簪。

平沙细浪欲尽，陡起忽千寻。

家种黄柑丹荔，户拾明珠翠羽，箫鼓夜沉沉。

莫问骖鸾事，有酒且频斟。

水调歌头（桂林中秋）

今夕复何夕，此地过中秋。

赏心亭上唤客，追忆去年游。

千里江山如画，万井笙歌不夜，扶路看遨头。

玉界拥银阙，珠箔卷琼钩。

　　驭风去，忽吹到，岭边州。

　　去年明月依旧，还照我登楼。

　　楼下水明沙静，楼外参横斗转，搔首思悠悠。

　　老子兴不浅，聊复此淹留。

水调歌头（和庞佑父）

雪洗虏尘静，风约楚云留。

何人为写悲壮，吹角古城楼。

湖海平生豪气，关塞如今风景，剪烛看吴钩。

剩喜然犀处，骇浪与天浮。

　　忆当年，周与谢，富春秋。

　　小乔初嫁，香囊未解，勋业故优游。

　　赤壁矶头落照，肥水桥边衰草，渺渺唤人愁。

　　我欲乘风去，击楫誓中流。

水调歌头（为时传之寿）

云海漾空阔，风露凛高寒。

仙翁鹤驾，羽节缥缈下天端。

指点虚无征路，时见双凫飞舞，挥斥隘尘寰。

吹笛向何处，海上有三山。

彩衣新，鱼服丽，更朱颜。

蟠桃未熟，千岁容与且人间。

早晚金泥封诏，归侍玉皇香案，蹑武列仙班。

玉骨自难老，未用九霞丹。

水调歌头（为方务德侍郎寿）

紫橐论思旧，碧落拜除新。

内家敕使，传诏亲付玉麒麟。

千里江山增丽，是处旌旗改色，佳气郁轮囷。

看取连宵雪，借与万家春。

建崇牙，开盛府，是生辰。

十州老稚，都向今日祝松椿。

多少活人阴德，合享无边长算，惟有我知君。

来岁更今日，一气转洪钧。

水调歌头（垂虹亭）

舣棹太湖岸，天与水相连。

垂虹亭上，五年不到故依然。

洗我征尘三斗，快揖商飙千里，鸥鹭亦翩翩。

身在水晶阙，真作驭风仙。

望中秋，无五日，月还圆。

倚栏清啸孤发，惊起螯龙眠。

欲酹鸱夷西子，未办当年功业，空系五湖船。

不用知馀事，莼鲙正芳鲜。

水调歌头（送刘恭父趋朝）

鳌禁辍颇牧，熊轼赖龚黄。

一时林莽千险，蜂午要驱攘。

金版六韬初试，烟敛山空野迥，低草见牛羊。

旄纛释南顾，戈甲濯银潢。

玉书下，襃懿绩，促曹装。

帝宸天近，红旆东去带朝阳。

归辅五云丹陛，回首楚楼千里，遗爱满潇湘。

应记依刘客，曾此奉离觞。

水调歌头

天上掌纶手，阃外折冲才。

发踪指示，平荡全楚息氛埃。

缓带轻裘多暇，燕寝森严兵卫，香篆几徘徊。

襦裤见歌咏，桃李藉栽培。

紫泥封，天笔润，日边来。

趣装入觐，行矣归去作盐梅。

祖帐不须遮道，看取眉间一点，喜气入尊罍。

此去沙堤路，平步上三台。

水调歌头（送谢倅之临安）

客里送行客，常苦不胜情。

见公秣马东去，底事却欣欣。

不为青毡俯拾，自是公家旧物，何必更关心。

且喜谢安石，重起为苍生。

圣天子，方侧席，选豪英。

日边仍有知己，应剡荐章闻。

好把文经武略，换取碧幢红旆，谈笑扫胡尘。

勋业在此举，莫厌短长亭。

水调歌头（过岳阳楼作）

湖海倦游客，江汉有归舟。

西风千里，送我今夜岳阳楼。

日落君山云气，春到沅湘草木，远思渺难收。

徙倚栏杆久，缺月挂帘钩。

　　雄三楚，吞七泽，隘九州。

　　人间好处，何处更似此楼头。

　　欲吊沉累无所，但有渔儿樵子，哀此写离忧。

　　回首叫虞舜，杜若满芳洲。

雨中花慢

一叶凌波，十里驭风，烟鬟雾鬓萧萧。

让得兰皋琼珮，水馆冰绡。

秋霁明霞乍吐，曙凉宿霭初消。

恨微颦不语，少进还收，伫立超遥。

　　神交冉冉，愁思盈盈，断魂欲遣谁招。

　　犹自待，青鸾传信，乌鹊成桥。

　　怅望胎仙琴叠，忍看翡翠兰苕。

　　梦回人远，红云一片，天际笙箫。

雨中花慢

一舸凌风，斗酒酹江，翩然乘兴东游。

欲吐平生孤愤，壮气横秋。

浩荡锦囊诗卷，从容玉帐兵筹。

有当时桥下，取履仙翁，谈笑同舟。

先贤济世，偶耳功名，事成岂为封留。

何况我、君恩深重，欲报无由。

长望东南气王，从教西北云浮。

断鸿万里，不堪回首，赤县神州。

念奴娇（过洞庭）

洞庭青草，近中秋，更无一点风色。

玉鉴琼田三万顷，着我扁舟一叶。

素月分辉，明河共影，表里俱澄澈。

悠然心会，妙处难与君说。

应念岭海经年，孤光自照，肝胆皆冰雪。

短发萧骚襟袖冷，稳泛沧浪空阔。

尽吸西江，细斟北斗，万象为宾客。

扣舷独啸，不知今夕何夕。

念奴娇（张仲钦提刑行边）

弓刀陌上，净蛮烟瘴雨，朔云边雪。

幕府横驱三万里，一把平安遥接。

方丈三韩，西山八诏，慕义羞椎结。

梯航入贡，路经头痛身热。

今代文武通人，青霄不上，却把南州节。

虏马秋肥雕力健，应看名王宵猎。

壮士长歌，故人一笑，趁得梅花月。

王春奏计，便须平步清切。

念奴娇（欲雪呈朱漕元顺）

朔风吹雨，送凄凉天气，垂垂欲雪。

万里南荒云雾满，弱水蓬莱相接。

冻合龙冈，寒侵铜柱，碧海冰澌结。

凭高一笑，问君何处炎热。

家在楚尾吴头，归期犹未，对此惊时节。

忆得年时貂帽暖，铁马千群观猎。

狐兔成车，笙歌震地，归踏层城月。

持杯且醉，不须北望凄切。

念奴娇（再和）

绣衣使者，度郢中绝唱，阳春白雪。

人物应须天上去，一日君恩三接。

粉省香浓，宫床锦重，更把丝绚结。

臣心如水，不教炙手成热。

还记岭海相从，长松千丈，映我秋竿节。

忍冻推敲清兴满，风里乌巾猎猎。

只要东归，归心入梦，梦泛寒江月。

不因莼鲙，白头亲望真切。

念奴娇

星沙初下，望重湖远水，长云漠漠。

一叶扁舟谁念我，今日天涯漂泊。

平楚南来，大江东去，处处风波恶。

吴中何地，满怀俱是离索。

常记送我行时，绿波亭上，泣透青罗薄。

樯燕低飞人去后，依旧湘城帘幕。

不尽山川，无穷烟浪，辜负秦楼约。

渔歌声断，为君双泪倾落。

念奴娇

海云四敛，太清楼、极目一天秋色。

明月飞来云雾尽，城郭山川历历。

良夜悠悠，西风袅袅，银汉冰轮侧。

云霓三弄，广寒宫殿长笛。

　　偏照紫府瑶台，香笼玉座，翠霭迷南北。

　　天上人间凝望处，应有乘风归客。

　　露滴金盘，凉生玉宇，满地新霜白。

　　壶中清赏，画檐高挂虚碧。

念奴娇

风帆更起，望一天秋色，离愁无数。

明日重阳尊酒里，谁与黄花为主。

别岸风烟，孤舟灯火，今夕知何处。

不如江月，照伊清夜同去。

　　船过采石江边，望夫山下，酹水应怀古。

　　德耀归来虽富贵，忍弃平生荆布。

　　默想音容，遥怜儿女，独立衡皋暮。

　　桐乡君子，念予憔悴如许。

木兰花慢

送归云去雁，澹寒采、满溪楼。

正佩解湘腰，钗孤楚鬓，鸾鉴分收。

凝情望行处路，但疏烟远树织离忧。

只有楼前溪水，伴人清泪长流。

霜华夜永逼衾裯，唤谁护衣篝。

念粉馆重来，芳尘未扫，争见嬉游。

情知闷来殢酒，奈回肠、不醉只添愁。

脉脉无言竟日，断魂双鹜南州。

木兰花慢

紫箫吹散后，恨燕子、只空楼。

念璧月长亏，玉簪中断，覆水难收。

青鸾送碧云勾，道霞扃雾锁不堪忧。

情与文梭共织，怨随宫叶同流。

人间天上两悠悠，暗泪洒灯篝。

记谷口园林，当时驿舍，梦里曾游。

银屏低闻笑语，但醉时冉冉醒时愁。

拟把菱花一半，试寻高价皇州。

木兰花慢

拥貔貅万骑，聚千里、铁衣寒。

正玉帐连云，油幢映日，飞箭天山。

锦城起方面重，对筹壶、尽日雅歌闲。

休遣沙场虏骑，尚馀匹马空还。

　　那看，更值春残，斟绿醑、对朱颜。

　　正宿雨催红，和风换翠、梅小香悭。

　　牙旗渐西去也，望梁州、故垒暮云间。

　　休使佳人敛黛，断肠低唱阳关。

水龙吟（望九华山作）

竹舆晓入青阳，细风凉月天如洗。

峰回路转，云舒霞卷，了非人世。

转就丹砂，铸成金鼎，碧光相倚。

料天关虎守，箕畴龙负，开神秘、留兹地。

　　缥缈珠幢羽卫，望蓬莱、初无弱水。

　　仙人拍手，山头笑我，尘埃满袂。

　　春锁瑶房，雾迷芝圃，昔游都记。

　　怅世缘未了，匆匆又去，空凝伫、烟霄里。

水龙吟（过浯溪）

平生只说浯溪，斜阳唤我归船系。

月华未吐，波光不动，新凉如水。

长啸一声，山鸣谷应，栖禽惊起、

问元颜去后，水流花谢，当年事、凭谁记。

　　须信两翁不死，驾飞车、时游兹地。

　　漫郎宅里，中兴碑下，应留屐齿。

　　酌我清尊，洗公孤愤，来同一醉。

　　待相将把袂，清都归路，骑鹤去、三千岁。

二郎神（七夕）

坐中客，共千里、潇湘秋色。

渐万宝西成农事了，穋秅看、黄云阡陌。

乔口橘州风浪稳，岳镇耸、倚天青壁。

追前事、兴亡相续，空与山川陈迹。

　　南国，都会繁盛，依然似昔。

　　聚翠羽明珠三市满，楼观涌、参差金碧。

　　乞巧处、家家追乐事，争要做、丰年七夕。

　　愿明年强健，百姓欢娱，还如今日。

转调二郎神

闷来无那，暗数尽、残更不寐。

念楚馆香车，吴溪兰棹，多少愁云恨水。

阵阵回风吹雪霰，更旅雁、一声沙际。

想静拥孤衾，频挑寒灺，数行珠泪。

凝睇，傍人笑我，终朝如醉。

便锦织回鸾，素传双鲤，难写衷肠密意。

绿鬓点霜，玉肌消雪，两处十分憔悴。

争忍见，旧时娟娟素月，照人千里。

多丽

景萧疏，楚江那更高秋。

远连天、茫茫都是，败芦枯蓼汀洲。

认炊烟、几家蜗舍，映夕照、一簇渔舟。

去国虽遥，宁亲渐近，数峰青处是吾州。

便乘取、波平风静，荃棹且夷犹。

关情有，冥冥去雁，拍拍轻鸥。

忽追思、当年往事，惹起无限羁愁。

挂笏朝来多爽气，秉烛夜永足清游。

翠袖香寒，朱弦韵悄，无情江水只东流。

桅楼晚，清商哀怨，还听隔船讴。

无言久，馀霞散绮，烟际帆收。

六州歌头

长淮望断，关塞莽然平。

征尘暗，霜风劲，悄边声，黯销凝。

追想当年事，殆天数，非人力，

洙泗上，弦歌地，亦膻腥。

隔水毡乡，落日牛羊下，区脱纵横。

看名王宵猎，骑火一川明。

笳鼓悲鸣，遣人惊。

念腰间箭，匣中剑，空埃蠹，竟何成。

时易失，心徒壮，岁将零，渺神京。

干羽方怀远，静烽燧，且休兵。

冠盖使，纷驰骛，若为情。

闻道中原遗老，常南望、羽葆霓旌。

使行人到此，忠愤气填膺，有泪如倾。

文天祥

词全集

文天祥（1236—1283）

也是南宋伟大的民族英雄。"天地有正气，杂然赋流形。""人生自古谁无死，留取丹心照汗青。"这些鲜血凝成的诗句，激励了历代的仁人志士。他字履善，号文山，吉州庐陵（今江西吉安）人。二十岁考取状元，三十九岁组织义军抗元，转战东南，力图恢复。后在广东被俘，拘囚四年，坚贞不屈，从容就义。他的词仅存数首，都作于抗元和被囚期间，直抒情臆，沉痛激越。宋宫昭仪王清惠被俘后，有《满江红》寄亡国之痛，结句"问嫦娥，于我肯从容，同圆缺"，文氏改为"算妾身，不愿似天家，金瓯缺"。词人邓剡与文同被押解，途中赠词有"恨东风不惜世间英物"，文在和词中说："乾坤能大，算蛟龙原不是池中物。"可见他在爱国志士中，境界更高一层。王国维赞他"风骨甚高"，甚至在名家王沂孙、张炎、周密之上。

目　录

满江红

和王夫人满江红韵，以庶几后山《妾薄命》之意。

燕子楼中，又捱过、几番秋色。

相思处、青年如梦，乘鸾仙阙。

肌玉暗消衣带缓，泪珠斜透花钿侧。

最无端、蕉影上窗纱，青灯歇。

　　曲池合，高台灭；人间事，何堪说。

　　向南阳阡上，满襟清血。

　　世态便如翻覆雨，妾身元是分明月。

　　笑乐昌、一段好风流，菱花缺。

满江红（代王夫人作）

王夫人至燕题驿中云，中原传诵，惜末句欠商量，代
王夫人作。

试问琵琶，胡沙外、怎生风色。

最苦是、姚黄一朵，移根仙阙。

王母欢阑琼宴罢，仙人泪满金盘侧。

听行宫、半夜雨淋铃，声声歇。

　　彩云散，香尘灭；铜驼恨，那堪说。

　　想男儿慷慨，嚼穿龈血。

　　回首昭阳离落日，伤心铜雀迎秋月。

　　算妾身、不愿似天家，金瓯缺。

酹江月（南康军和苏韵）

庐山依旧，凄凉处、无限江南风物。

空翠晴岚浮汗漫，还障天东半壁。

雁过孤峰，猿归危嶂，风急波翻雪。

乾坤未老，地灵尚有人杰。

堪嗟漂泊孤舟，河倾斗落，客梦催明发。

南浦闲云连草树，回首旌旗明灭。

三十年来，十年一过，空有星星发。

夜深愁听，胡笳吹彻寒月。

酹江月（驿中言别友人）

水天空阔，恨东风不借、世间英物。

蜀鸟吴花残照里，忍见荒城颓壁。

铜雀春情，金人秋泪，此恨凭谁雪。

堂堂剑气，斗牛空认奇杰。

那信江海馀生，南行万里，属扁舟齐发。

正为鸥盟留醉眼，细看涛生云灭。

睨柱吞嬴，回旗走懿，千古冲冠发。

伴人无寐，秦淮应是孤月。

酹江月（和）

乾坤能大，算蛟龙、原不是池中物。

风雨牢愁无着处，那更寒虫四壁。

横槊题诗，登楼作赋，万事空中雪。

江流如此，方来还有英杰。

　　堪笑一叶漂零，重来淮水，正凉风新发。

　　镜里朱颜都变尽，只有丹心难灭。

　　去去龙沙，江山回首，一线青如发。

　　故人应念，杜鹃枝上残月。

齐天乐（庆湖北漕知鄂州李楼峰）

南楼月转银河曙，玉箫又吹梅早。

鹦鹉沙晴，葡萄水暖，一缕燕香清袅。

瑶池春透，想桃露霏霞，菊波沁晓。

袍锦风流，御仙花带瑞虹绕。

　　玉关人正未老，唤矶头黄鹤，岸巾谈笑。

　　剑拂淮清，槊横楚黛，雨洗一川烟草。

　　印黄似斗，看半砚蔷薇，满鞍杨柳。

　　沙路归来，金貂蝉翼小。

齐天乐（甲戌湘宪种德堂灯屏）

夜来早得东风信，潇湘一川新绿。

柳色含晴，梅心沁暖，春浅千花如束。

银蝉乍浴，正沙雁将还，海鳌初矗。

云拥旌旗，笑声人在画阑曲。

　　星虹瑶树缥缈，佩环鸣碧落，瑞笼华屋。

　　露耿铜虬，冰翻铁马，帘幕光摇金粟。

　　迟迟倚竹，更为把瑶尊，满斟醽醁。

　　回首宫莲，夜深归院烛。

沁园春（至元间留燕山作）

为子死孝，为臣死忠，死又何妨。

自光岳气分，士无全节，君臣义缺，谁负刚肠。

骂贼睢阳，爱君许远，留得声名万古香。

后来者，无二公之操，百炼之钢。

　　人生翕欻云亡，好烈烈轰轰做一场。

　　使当时卖国，甘心降虏，受人唾骂，安得留芳。

　　古庙幽沉，仪容俨雅，枯木寒鸦几夕阳。

　　邮亭下，有奸雄过此，仔细思量。

词全集 王炎

王炎（1138—1218）

字晦叔，号双溪，婺源（今属江西）人。初任崇阳县主簿，颇有贤名，理学家张栻为江陵帅，把他请进幕府，后来又做过地方官，升任军器少监，晚年退隐故乡。他自叙创作的态度是"不溺于情欲，不荡于无法"。前一句说明他想在内容上跳出离情别恨的小圈子，后一句可见他不满辛派末流的粗率浅陋之弊。他的词能够保持"婉转妩媚"的传统，而又显得清新自然，如晚年所作《江城子》即是一例。他在地方任官时，体察到民间疾苦，因而有"人间辛苦是三农"之叹。这类作品，在宋诗中并不稀罕，而在宋词中则除了苏轼、辛弃疾以外，就比较难得了。南宋初年还有另一个王炎，曾任四川宣抚使，也能词。他曾邀陆游为幕僚，使之"寝饭鞍马间"达数年之久，特此说明，以免混淆。

目　录

点绛唇（崇阳野次）

雨湿东风，谁家燕子穿庭户。

孤村薄暮，花落春归去。

浪走天涯，归思萦心绪。

家何处？乱山无数，不记来时路。

卜算子

腻玉染深红，艳丽难常好。

已是人间被褥时，花亦随春老。

唤起麹生来，醉赏惟宜早。

此去阴晴十日间，点点粘芳草。

卜算子（嘉定癸酉二月雨后到双溪）

渡口唤扁舟，雨后青绡皱。

轻暖相重护病躯，料峭还寒透。

老大自伤春，非为花枝瘦。

那得心情似少年，双燕归时候。

卜算子

散策问芳菲，春半花犹未。
蓓蕾枝头怯苦寒，恰似人憔悴。

　　人莫恨花迟，天自催寒去。
　　雨意才收日气浓，玉靥红如醉。

好事近（吴宰生日）

时节近元宵，天意人情都好。
烟柳露桃枝上，觉今年春早。

　　遏云一曲凤将雏，疑是在蓬岛。
　　玉笋扶杯潋滟，愿黑头难老。

好事近（早梅）

玉颊映红绡，才报东风消息。
虽则清臞如许，有生香真色。

　　相看动是隔年期，忍不饮涓滴。
　　莫待轻飞一片，却说花堪惜。

好事近

闲日似年长，又在他乡春暮。

柳外一声鹎鴂，怨落花飞絮。

　　苎罗只似旧时村，佳人在何处。

　　试问鸱夷因甚，载轻軬同去。

清平乐（越上作）

呢喃燕语，共诉春归去。

春去从他留不住，落尽枝头红雨。

　　老翁袖手优游，闲愁不到眉头。

　　过了麦黄椹紫，归期只在新秋。

清平乐

儿曹耳语，借问何处去。

家在翠微深处住，生计一犁春雨。

　　客中且恁浮游，莫将事挂心头。

　　纵使人生满百，算来更几春秋。

清平乐（嘉定壬申除夜）

一杯椒醑，惜饮难成醉。

爆竹声中人未睡，共道今宵守岁。

　　不如且就衾裯，谁能细数更筹。

　　三百六旬过了，明朝却是年头。

忆秦娥

头如雪，尘缘滚滚无休歇。

无休歇，买田筑屋，是何时节。

　　从今事事都休说，巢安寮里藏疏拙。

　　藏疏拙，许谁为伴，溪山风月。

忆秦娥（甲戌赏春）

胭脂点，海棠落尽青春晚。

青春晚，少年游乐，而今慵懒。

　　春光不可无人管，花边酌酒随深浅。

　　随深浅，牡丹红透，荼蘼香远。

阮郎归

落花时节近清明，南园芳草青。

东风料峭雨难晴，那堪中宿醒。

　　回首处，自销凝，谁知人瘦生。

　　倚阑无语不禁情，杜鹃啼数声。

阮郎归（霅川作）

几回幽梦绕家山，怯闻梅弄残。

潇潇黄落客毡寒，不禁衣带宽。

　　身外事，意阑珊，人间行路难。

　　寻思百计不如闲，休贪朱两辐。

朝中措

杜鹃声断日曈昽，过雨湿残红。

老色菱花影里，客愁蕉叶香中。

　　柳梢飞絮，桃梢结子，断送春风。

　　莫恨春无觅处，明年还在芳丛。

朝中措（九月末水仙开）

蔷薇露染玉肌肤，欲试缕金衣。

一种出尘态度，偏宜月伴风随。

初疑邂逅，湘妃洛女，似是还非。

只恐乘云轻举，翩然飞度瑶池。

柳梢青（郑宰母生日）

葭管风微，莱衣香软，歌凤将雏。

笑酌流霞，问人何处，别有瑶池。

相将月佩霞裾，领凫舄、归朝玉墀。

管取长年，进封大国，稳住清都。

西江月

用荼蘼酿酒饮尽，因成此，谩呈继韩。

蔌蔌落红都尽，依然见此清姝。

水沉为骨玉为肤，留得春光少住。

鸳帐巧藏翠幔，燕钗斜觯纤枝。

休将往事更寻思，且为浓香一醉。

南柯子

天末家何许，津头客未归。

柳梢绿暗早莺啼，蝴蝶不知春去、绕园飞。

选胜多游冶，当垆有丽姝。

青翰载酒泛晴晖，不忍十分寥落、负花时。

南柯子

秀叔娶妇不令人知，以小词为贺，因戏之。

对镜鸾休舞，求凰凤自飞。

珠钿翠珥密封题，中有鸾笺细字、没人知。

环佩灯前结，辎轩月下归。

笑他织女夜鸣机，空与牛郎相望、不相随。

南柯子

山冥云阴重，天寒雨意浓。

数枝幽艳湿啼红，莫为惜花惆怅、对东风。

簑笠朝朝出，沟塍处处通。

人间辛苦是三农，要得一犁水足、望年丰。

浪淘沙令（开禧丙寅在大坂作）

流水绕孤村，杨柳当门。

昔年此地往来频。

认得绿杨携手处，笑语如存。

往事不堪论，强对清尊。

梅花香里月黄昏。

自首重来谁是伴，独自销魂。

浪淘沙令（菊）

秋色满东篱，露滴风吹。

凭谁折取泛芳卮。

长是年年重九日，苦恨开迟。

因记得当时，共捻纤枝。

而今寂寞凤孤飞。

不似旧来心绪好，惟有花知。

浪淘沙令（辛未中秋与文尉达可饮）

月色十分圆，风露娟娟。

木犀香里凭栏干。

河汉横斜天似水，玉鉴光寒。

　　草草具杯盘，相对苍颜。

　　素娥莫惜少留连。

　　秋气平分蟾兔满，动是经年。

鹧鸪天（梅）

淡淡疏疏不惹尘，暗香一点静中闻。

人间怪有晴时雪，天上偷回腊里春。

　　疑浅笑，又轻颦，虽然无语意相亲。

　　老来尚可花边饮，惆怅相携失玉人。

玉楼春（丙子十月生）

往年饷口谋升斗，朱墨尘埃粘两袖。

黄粱梦断始归来，依旧琴书当左右。

　　而今藏取持螯手，林下独居闲散又。

　　问之何以得长年，寡欲少思安老朽。

玉楼春

大都四绪阴晴半，天上油云舒又卷。

若还心也似云闲，老色何由来上面。

生平辛苦今潇散，得丧荣枯皆历遍。

人言不死是神仙，我但耳闻非眼见。

夜行船（贺将使叔成宝相寮）

淡饭粗衣随分过，新成就，庵寮一个。

静处藏身，十分自在，只恁么、有何不可。

过眼空花都看破，红尘外，独行独坐。

也没筹量，也没系绊，更觉甚、三乘四果。

虞美人（甲戌正月望后燕来）

镜中失画双青鬓，懒更占花信。

小梅半谢雨垂垂，未许轻红破蕾、缀桃枝。

社前归燕穿帘语，似说人憔悴。

自缘老去少欢惊，不是春寒料峭、怯东风。

南乡子（甲戌正月）

云淡日眬明，久雨潺潺乍得晴。

社近东皋农务急，催耕，又见菖蒲出水清。

池面縠纹平，掠水迎风燕羽轻。

试出访寻春色看，相迎，巧笑花枝似有情。

踏莎行

木落天寒，年华又暮，老来多病须调护。

诗编酒槛总无缘，闲中赢得蒥腾睡。

尘暗犀梳，香消翠被，悄无音信来青羽。

新愁正上自眉峰，黄昏庭院潇潇雨。

临江仙（吴宰生日）

欲近上元人意好，月如人意团圆。

暖风催趣养花天。

三山来鹤驾，万户识凫仙。

手种河阳桃李树，暂时来看春妍。

彩衣一笑棹鹢船。

明年当此日，人到凤池边。

临江仙

莫子章郎中买妾佐酒，魏倅以词戏之，次韵。

试问休官林下去，何人得似高年。

壶中不记岁时迁。

吹箫新有伴，餐玉共求仙。

有客尊前曾得见，月眉云鬓娟娟。

断肠刺史独无眠。

谁能闻一曲，偷向笛中传。

临江仙

思忆故园花又发，等闲过了流年。

休论升擢与平迁。

拂衣归去好，无事即神仙。

　　况是老人头雪白，羞看红粉婵娟。

　　鸾孤凤只且随缘。

　　莫将桃叶曲，留与世人传。

临江仙（和将使许过双溪）

鹧鸪一声春事了，不知苦劝谁归。

花梢香露染蔷薇。

小梅酸着齿，酒榼正堪携。

　　鸭绿一篙新雨过，远山半出修眉。

　　仙翁理棹欲来时。

　　绕檐乌鹊喜，报与主人知。

临江仙（落梅）

雪片幻成肌骨，月华借与精神。

一声羌笛怨黄昏。

吹香飘缟袂，脱迹委红裙。

　　枝上青青结子，子中白白藏仁。

　　那时别是一家春。

　　劈泥尝煮酒，拂席卧清阴。

小重山

　　至后一日，长兴赵宰到郡，并招归安、乌程二宰及项
　　广文同饭。

日脚才添一线长，葭灰吹玉管，转新阳。

老来添得鬓边霜，年华换，归思满沧浪。

　　唤客对凝香，公庭凫鹜散，缓行觞。

　　何须红袖立成行，清淡好，胜似听丝簧。

蝶恋花（崇阳县圃夜饮）

纤手行杯红玉润，满眼花枝，雨过胭脂嫩。

新月一眉生浅晕，酒阑无奈添春困。

唤起醉魂君不问，憔悴颜容，羞与花相近。

人自无情花有韵，风光易老何须恨。

蝶恋花

柳暗西湖春欲暮，无数青丝，不系行人住。

一点心情千万绪，落花寂寂风吹雨。

唤起声中人独睡，千里明驼，不踏山间路。

谩道遣愁除是醉，醉还易醒愁难去。

青玉案

深红数点吹花絮，又燕子、飞来语。

远水平芜春欲暮。

年年长是，清明时候，故遣人憔悴。

竹鸡啼罢山村雨，正寥落、无情绪。

猛省从前多少事。

绿杨堤上，楼台如画，此景今何处。

江城子（癸酉春社）

清波渺渺日晖晖，柳依依，草离离。

老大逢春，情绪有谁知。

帘箔四垂庭院静，人独处，燕双飞。

怯寒未敢试春衣，踏青时，懒追随。

野蔌山殽，村酿可从宜。

不向花边拚一醉，花不语，笑人痴。

蓦山溪（巢安寮毕工）

莺啼花谢，断送春归去。

雨后听鹃声，恰似诉、留春不住。

韶光易迈，暗被老相催，

无个事，没些愁，方是安身处。

栽松种菊，相对为宾主。

终日掩柴扉，但只有、清风时度。

不忺把酒，又不喜观书，

饥时饭，饱时茶，困即齁齁睡。

满江红（至日和黄伯威）

宦海浮沉，名与字、不能彰彻。

青云上、诸公衮衮，难登狭劣。

结绶弹冠成底事，解颐折角皆虚说。

待黄粱、梦觉始归来，非明哲。

易消释，空中雪；多亏缺，天边月。

算人生必有，衰羸时节。

恁是一阳来复后，梅花柳眼先春发。

料明年、又老似今年，当休歇。

水调歌头（夜泛湘江）

江月冷如水，江水碧于空。

晚来一霎过雨，为我洗秋容。

悄悄四山人静，凛凛三更露下，天阔叫孤鸿。

唤醒蓬窗梦，身在水晶宫。

　　揖湘妃，招月娣，御清风。

　　素琴韵远，不觉醉眼杏花红。

　　禹穴骑鲸仙去，东海钓鳌人远，此意与谁同。

　　倚柁一长啸，出壑舞鱼龙。

水调歌头（登石鼓合江亭）

千里倦游客，老眼厌尘烟。

蒸湘平远，他处无此好江山。

把酒一听欸乃，过了黄花时节，水国倍生寒。

输与沧浪叟，长伴白鸥闲。

傍江亭，穷杳霭，踞巉岩。

水深石冷，闻道别有洞中天。

待倩灵妃调曲，唤起冯夷短舞，从此问群仙。

云海渺无际，波涌缓移船。

水调歌头（留宰生日）

爱日护轻暖，酝造小春时。

桃溪云敛，一点郎星吐青辉。

炼玉颜容难老，点漆精神如旧，不用摘霜髭。

厌薄蓬莱景，戏踏两凫飞。

潘花底，陶柳外，细民肥。

万家喜色，□融瑞气拥牙绯。

凭仗春葱洗玉，领略朱樱度曲，引满又何辞。

只待琴歌毕，安步上丹墀。

水调歌头（送魏倅）

新涨鸭头绿，春满白蘋洲。

小停画鹢，莫便折柳话离愁。

缥缈觚棱在望，不用东风借便，一瞬到皇州。

别酒十分酌，何惜覆瑶舟。

从此去，上华顶，入清流。

人门如许，自合唾手复公侯。

老我而今衰谢，梦绕故园松菊，底事更迟留。

早晚挂冠去，江上狎浮鸥。

念奴娇（菊）

小妆朱槛，护秋英千点，金钿如簇。

黄叶白蘋朝露冷，只有孤芳幽馥。

华发苍头，宦情羁思，来伴花幽独。

巡檐无语，清愁何啻千斛。

　　因念爱酒渊明，东篱雅意，千载无人续。

　　身在花边须一醉，小覆杯中醽醁。

　　过了重阳，捻枝嗅蕊，休叹年华速。

　　明年春到，陈根更有新绿。

念奴娇（海棠时过江潭）

晓来雨过，正海棠枝上，胭脂如滴。

桃杏不堪来比似，信是倾城倾国。

藏韵收香，谁能描貌，阁尽诗人笔。

从教睡去，为留银烛终夕。

不待过了清明，绿阴结子，无处寻春色。

簌簌轻红飞一片，便觉临风凄恻。

莫道无情，嫣然一笑，也似曾相识。

惜花无主，自怜身是行客。

木兰花慢

缃桃花树下，记罗袜、昔经行。

至今日重来，人惟独自，花亦凋零。

青鸟杳无信息，遍人间、何处觅云軿。

红锦织残旧字，玉箫吹断馀声。

销凝，衣故几时更，又谁复卿卿。

念镜里琴中，离鸾有恨，别鹄无情。

齐眉处同笑语，但有时、梦见似平生。

愁对婵娟三五，素光暂缺还盈。

木兰花慢（暮春时在分宁）

博山香雾冷，新雨过，怯单衣。

正飞絮濛濛，平芜杳杳，家在天涯。

春难住、人易老，又等闲过了踏青时。

枝上红稀绿暗，杜鹃刚向人啼。

依依，谩叹歌生弹铗，尘满弦徽。

想北山猿鹤，南溪鸥鹭，怪我归迟。

青云事、今已晚，倚小窗，谁与话襟期。

对酒有愁可解，擘笺无怨休题。